ウェルザード

破ると怖い海の6つのルール

繰り返す夏の戦慄【闇】体験

「怖い場所」超短編シリーズ

主婦と生活社

破ると怖い海の6つのルール

繰り返す夏の戦慄【闇】体験

目次

1章

その落《おと》し物は誰《だれ》の物ですか？

私の故郷の海では、子供の頃《ころ》に教えられることがある。

・海に落ちている物は拾ってはいけない。
・雨の日は海に行ってはいけない。
・雨の日に溺《おぼ》れている人を助けてはいけない。
・お盆《ぼん》になったら泳いではいけない。
・夜の海で誰《だれ》かに呼ばれたらすぐに逃《に》げろ。
・もしも血が出たら海の中には入るな。

恐《おそ》らく、全てのことには意味があって、昔から伝えられている迷信のようなものなのだろうけれど、怖《こわ》がりだった私はこれらを守って子供時代を過ごした。

だけど、高校生にもなれば、そんなことは特に気にもしなくなるもので。

友達が自宅に泊《と》まりに来るともなれば、羽目を外して遊び回ることもしばしば。

破ってはならない海のルールを破るのも、時間の問題だったのだ。

あれは高校二年の夏の終わり。台風の日にうちに泊まりに来た、友達のミツルとダイスケは、どこからか聞いた情報を持って、明確な意図を持ってこの日を選んだようだった。

「夏の終わりに来る、最初の台風の後は、波打ち際に財布とか金が打ち上げられてるんだってよ」

「ああ、夏の間に海の中で落とした物が打ち上げられるんだ。漁師のおっさんはそれを集めて小遣《こづか》い稼《かせ》ぎをしてるらしいんだよ。だからさ、俺《おれ》達も行かないか」

こんな台風の日に泊まりに来るなんて、どんな神経をしているんだと思ったけれど、理由を聞いて納得したものだ。

私も小遣い稼ぎが出来るならと、その話を断る理由もなく、目覚まし時計をセットして、台風が通り過ぎるのを心待ちにして私達は眠《ねむ》った。


〜海〜


眠い目を擦《こす》りながら、海藻《かいそう》やゴミが打ち上げられた波打ち際を三人で並んで歩いていた。

まだ暗い中で懐中《かいちゅう》電灯で足元を照らし、波で打ち上げられた柔《やわ》らかい砂に足を取られながら。

「なあ、全然見付からないんだけど。というかさ？　これ、先客いるんじゃないの？　足《あし》跡《あと》あるしさ」

ミツルが言うように、私達が歩く場所には既《すで》に足跡があり、どうやら私達が参戦するには少し時間が遅《おそ》かったようだと、開始五分で思い知らされたのだった。

「ダイスケが起きなかったからだぞ。お前がすぐに起きていたら俺達の方が早かったかもしれないのに」

「え、何？　俺のせいだって言いたいわけ？」

徐々《じょじょ》に険悪になっていく雰囲気《ふんいき》に、私はどうしたものかと考えていたが、その時ミツルが何かを見付けて声を上げた。

「おい、あれ、財布じゃないか？　やっぱりだ！　へへ……って、中身空っぽじゃないかよ！」

何も入っていない財布に怒《いか》りをぶつけるように、砂に叩《たた》き付けたが、懐中電灯で照らしたその付近に私は妙《みょう》な違和感《いわかん》を覚えた。

「あれ。何か光ってね？　あそこだよ、あそこ」

ダイスケが指差す場所は私が違和感を覚えた場所。

そこには、宝石が載った指輪が砂に半分埋《う》まっていたのだ。

金ではない。けれど、他の人に先を越《こ》されて無駄足《むだあし》だと思っていた私達にとって、それは待望の収穫《しゅうかく》だった。

「小さいけどダイヤかこれ？　三つ付いてるな。ちょっと汚《よご》れてるけど、売ったら金になるんじゃね？」

「十万円くらいはするのかな！　やべえ、テンション上がって来た！」

当然そんなにするはずがないのだけど、高校生の当時はそんなこともわからずにただ喜んでいた。

そして、大喜びで騒《さわ》いでいたら、近くに住む漁師のおじさんが慌《あわ》てたように前方から走ってきたのだ。

「お、お前ら。それ、拾ったんか？」

どうもその顔には、焦《あせ》りと恐怖《きょうふ》のようなものが浮《う》かんでいるように見える。

「おっちゃん、残念だったな。俺が見付けたんだよ。だから俺の物だ」

勝ち誇《ほこ》ったかのように指輪を見せびらかすミツルに、おじさんは首を横に振《ふ》って。

「今すぐ捨てとけ。それは……持ち帰ったらあかんぞ」

「は？」

おじさんの言葉に、ミツルは顔を歪《ゆが》めた。


その後、家に戻《もど》って、私はおじさんがなぜあんなことをしたのかを考えていた。

ダイスケは収穫《しゅうかく》がなかったからか、不貞腐《ふてくさ》れて家に帰ったけれど、ミツルは指輪を見詰《みつ》めてニヤニヤしている。

おじさんは指輪を捨てさせる為《ため》に、打ち上げられた財布から抜《ぬ》いたであろう、濡《ぬ》れた金をミツルに掴《つか》ませた。

八千円はあると思われたが、ミツルは何を思ったかおじさんに突《つ》き返して。

「何のつもり？　こんなはした金で譲《ゆず》れって言うなら冗談《じょうだん》じゃない。もっと金になるってことだろ？」

そう言ってその場を後にしたのだ。

家に帰って来てからは、ずっと指輪をニヤニヤして見続けている。

「そう言えば昔さ、おじいちゃんに言われたことがあるんだよ。『海に落ちてる物は拾うな』ってさ。あのおじさん、そのことを言ってたのかな」

ふと思い出した海の話をしてみても、ミツルは「ふーん」と気のない返事。

「それってあれだろ？　さっきのおっさんみたいに、自分の儲《もう》けが減るからってことだろ？　あのおっさんも結構儲けてたみたいだしさ」

確かに、朝の波打ち際を歩いて八千円も稼《かせ》げるなら、なるべく人は少ない方が良い。

あの後もまだ波打ち際を歩いていたみたいだし、もしかするともっと稼げていたのかもしれない。

夕方。

部屋でのんびりとゲームをしていた私とミツルは、何やら焦《こ》げたような臭《にお》いが鼻を突《つ》くのを感じた。

家族の誰かが鍋《なべ》でも焦がしたかと、台所を確認しようと部屋から出ると……嘘のように臭いは消えた。

一応、念の為と台所を確認して部屋に戻ると、中に入るなり再び焼け焦げた臭いが鼻を突く。

「どうだった？　やっぱり鍋が焦げてた？」

「いや、誰もいないし、何ならこの部屋から臭いがするんだよ」

「はぁ？　この部屋って……何も焦げてないぞ？」

あまりにも濃《こ》いその臭いに気分が悪くなって、私は窓を開けた。

だが、その発生源不明の臭いが消えることはなく、ミツルと二人、顔を見合わせて首を傾《かし》げた。

「なんだよこの臭い……一体どこから」

思わず手を口に当てたのだろう。その時私は気付いてしまった。

男の指には小さいその指輪を、ミツルは左手の小指にはめていたことを。

そして小指が紫《むらさき》色に変色している。

なぜそんな色になっているかわからないが、サイズが合っていないのを無理やりはめたのだろうか。

「ミツル、お前……小指」

「ん？　ああ、無くすといけないからはめて……って、なんだこれ！」

私が言って、やっと気付いたのか、ミツルは驚《おどろ》いて自分の小指を凝視《ぎょうし》したのだった。

「嘘だろ！　と、取れない！　何がどうなって……」

指輪をつまんで取ろうとしたが、それを邪魔《じゃま》するように小指が膨《ふく》れ上がって取ることが出来なくなってしまった。

こんなに急に指の大きさが変わるのかと気味の悪いものを感じながらも、なんとかしなければと、ニッパーを取りに家の外にある倉庫へと走った。

倉庫の中、工具箱からニッパーを取り出して、部屋に戻ろうと振り返った時。

私はそれを見た。

台風一過の夕焼け空。いつもとは違《ちが》う奇妙《きみょう》な色の空の下。

真っ黒な人影《ひとかげ》がこちらを見て立っていたのだ。

誰だと思いながら、私はその不気味な人影を見ていたのだが、しばらくするとそれは歩いてその場から去っていった。

今のは何だったんだと、少し気味の悪いものを感じて家の中に戻ろうとしたのだが、先程人影が立っていた場所を見ると、まるで水から出てきたかのように濡れていた。

奇妙なことに、ここにあるはずがない砂までもが混じって。

海水浴客が道を聞いて来ることが良くあったから、それかとも思ったのだが、流石に台風の翌日に海水浴客がいるとは思えないと考え、家に入ろうとした。

だが、砂混じりの濡れた足跡は私の家へと続いていた。

ドアノブも滴《したた》るほどに濡れていて、わけのわからない悪寒が走ったのを今でも覚えている。

家の中に入ると、足跡は二階の私の部屋へと続いていた。

まさか、さっきの人影がこの家の中に入ったのかと、言い知れぬ恐怖を覚えて、本来なら部屋に向かうところだがそれが出来ずにいた。

ミツルのところに戻って、指輪を外してやりたい。

だが今走って行けば、あの人影に追い付いてしまうのではないか。

焦った私は、その場で大声を出してミツルを呼んだ。

「ミツル！　すぐに一階に来い！」

その声が届いたようで、二階でドタドタと慌《あわ》ただしい音が聞こえ、ドアを開けてこちらに向かう音が。

と、同時に感じたのは、あの焦げたような異様な臭いだった。

「な、なんだよ急に。もしかして指輪は取れないとか言うなよ？」

とぼけたようにそんなことを言っているミツルの小指は握《にぎ》り拳《こぶし》程に大きくなっていて
……いや、もはやそんなことはどうでもよかった。

「ひっ！」

あまりの出来事に、私は腰《こし》を抜《ぬ》かして玄関《げんかん》のタイルの上に座り込《こ》んでしまったのだ。

なぜ、なぜミツルは気付いていないのか、その背後に真っ黒な人がいる。

それは先程私が見た人影なのか。

顔を覗《のぞ》き込むように見られていて、それでも気付いていないとなると。

「な、なんだよなんだよ、驚かせるなよ！」

「お、お前……それ……」

「なんだよそれって」

黒い人影の方に顔を向け、言葉通り目と鼻の先ほどの距離《きょり》で見詰め合っているのに気付かない。

それはつまり、この世の者ではないということだろう。

「なんだよ、何もないじゃないかよ。本当、そういうのやめろよ。お、ニッパーがあったのか。ありがとな」

そう言って私の手からニッパーを取ると、酷《ひど》く腫《は》れ上がった小指の根元にある指輪を挟《はさ》み込んだ。

が、どれだけ力を込めても切断どころか、傷一つ付かない。

「な、なにがどうなってんだよこれ、切れないぞ！」

顔を真っ赤にしてニッパーを握るミツルだったが、私はそれを見ていた。

黒い人影が、指輪を切ろうとしているミツルの手を掴み、怒《おこ》っているかのように顔を睨《にら》み付けていたのだった。

これはまずい。

あまりにも不可解で、あまりにも恐ろしい。

今すぐにでも逃《に》げ出したい衝動《しょうどう》に駆られたけれど、ミツルを置いて逃げられないという思いもあった。

そんな時に脳裏を過ったのは、あの漁師のおじさんの顔だった。

あの人は、自分が手に入れた金を渡《わた》してでも指輪を引き取ろうとした。

価値がある物だから安く買い叩こうとしたのかと、その時は思ったけど……もしかして、海に落ちている物は拾うなということと何か関係があるのかと考えた。

そこからは早かった。

ミツルと一緒《いっしょ》に、あの漁師のおじさんの家に押《お》し掛けて、ドアが壊《こわ》れるかと思うくらいに叩いて必死に呼んだ。

「やめえ！　壊れるやろ！　開けるから待っとけ！」

おじさんが怒りながらドアを開けると、私の顔を見てますます不機嫌《ふきげん》になったが、ミツルに顔を向けた瞬間《しゅんかん》、事情を察したように顔を顰《しか》めた。

「えっと、あの……」

「言わんでもええわ。お前、あの指輪をはめたんやろ。だから海では物を拾うなって言われとるんやで。どこの誰の未練や怨念《おんねん》が込められとるか知らんからな。拾うなら、金だけにしとけってことや」

私が説明しようとすると、おじさんは玄関の下駄箱《げたばこ》に置かれていた帽子《ぼうし》を被《かぶ》って、海の方を指差してみせた。

「助かりたいなら海に行くんや。こんなのと一緒にいたら、次はお前の番やで」

ポンポンと、硬《かた》い手のひらで頭を叩かれた私は、助かりたい一心でおじさんについて行った。

砂浜《すなはま》に入り、閉店時間を過ぎた海の家の軒下《のきした》に移動した私とおじさん。

ミツルはおじさんに指示され、防波堤《ぼうはてい》の先まで走って両手を挙げて立っていた。

「ほ、本当にこんなので取れるのか!?」

「安心せえ！　それで取れんかったやつはおらんから！」

不安そうなミツルに、おじさんの強い声が届き、それならばと張り切って天を仰《あお》いで手を伸《の》ばす。

「あの、あれって何をしてるんですか？」

私の問いに、おじさんは答えなかった。

ただ、二人で遠くにいるミツルを見ているだけ。

そして少し時間が経った時だった。

突然《とつぜん》空が黒い雲で覆《おお》われて……。

ピカッと、強烈《きょうれつ》な光が目の前を真っ白にしたと同時に、鼓膜《こまく》が破れそうな激しい音。

その直後、ドボンと何かが水の中に落ちる音が聞こえた。

「……こうするしかなかったんや。あんなのが憑《つ》いとるやつと一緒におったら、次は坊主《ぼうず》が憑かれとったで。あの指輪は拾ったらあかん。民子《たみこ》に連れて行かれるからな」

おじさんが言った言葉を理解出来たのは、随分《ずいぶん》後になってからだった。


ミツルは落雷《らくらい》により死亡。


海の中から発見された時には、指輪などつけていなかったらしい。

あの時、おじさんは拾ってはならない指輪を、金を出してでも私達から引き剥《は》がそうとしてくれたのだと考えると、どうして従わなかったのかと悔《く》やんでも悔やみ切れない。

黒い人影は何だったのか。

そして、教えられた海のルールとは何なのか。

海で育った私が、海を怖いと思うようになった理由がここにあったのだった。

2章

雨の日は見えないものが見えるものだ

雨の日は、海には行くな。

良くないものが海からやって来るから。

私が小学生の頃《ころ》、おじいちゃんに言われた言葉だ。

当時はその言葉に妙《みょう》な説得力というか、恐《おそ》ろしさを感じたから、言われた通りに雨の日は家で大人しくしていたのを思い出す。

そして、約束を破ってしまったあの日のことも。


小学四年生の夏。

大雨が降って、当時大人気だったゲームを朝からやっていた。

田舎ということもあって、玄関《げんかん》はいつも開きっぱなしで誰《だれ》でも勝手に入って来る。

この辺りではそれが当たり前になっていて、現在の防犯意識などは微塵《みじん》もなかったものだ。

「おはよう。海に行こうぜ」

ゲームをしていたら、障子《しょうじ》を開けると同時に、友達のナオヒロが海水パンツ姿で私に声を掛《か》けたのだ。

「海って……ナオヒロくん、雨だよ？」

「どうせ濡《ぬ》れるんだから同じだろ？　ほら、早く準備しろって」

「ちょっと待ってよ。雨の日は海に行っちゃダメなんだよ？　良くないものがいるんだ」

「そんなの一度も見たことないっての。怖がりかよお前」

そう言われて少しムッとしてしまった私は、ゲームをセーブして、奥《おく》の部屋にいるおじいちゃんに気付かれないように海に行った。

濡れてしまうからと、海水パンツ一枚の姿でサンダルを履《は》いて。

小学生で海に泳ぎに行く時は、大人を連れて行かなければならない。

学校のルールでそう決まっていたが、こんな日に許してくれる大人などいないし、おじいちゃんに話しても絶対に許してはくれなかっただろう。

いつもは多くのお客さんで賑《にぎ》わっている海の家も、今日はどの店も閉まっていて、海にもあまり人の姿はない。

「やった、貸し切りだ。あのイカダまで泳ごうぜ」

晴れた日には人が沢山《たくさん》乗っていて、なかなか乗ることが出来ない海の上に浮《う》かぶイカダ。

それがこの雨のおかげか、一人大人がいるだけ。

ナオヒロも私も水泳には自信があり、少し距離《きょり》があるそこに行くことも何の問題もなかった。

それでも小学四年生には少し遠くて、イカダに辿《たど》り着く時には私は疲《つか》れていた。

「大丈夫《だいじょうぶ》か？　ほら、一気に上がれ！」

なんとか先によじ登ったナオヒロが、私に手を差し伸べて引き上げてくれる。

「あ、ありがとうナオヒロくん」

イカダの上で仰向《あおむ》けになり、二人で全身に雨を浴びる。

この時私達は、普段《ふだん》は人がいっぱいで乗ることが出来ないイカダに乗れたという充実感《じゅうじつかん》に満足していたと思う。

「キミ達はこの辺りの小学生？」

そんな中で声を掛けて来たのは、先にイカダに乗っていた男の人だった。

濡れているせいか、若そうにもおじさんにも見えるその男性は、少し物悲しい目をした人だった。

左手の薬指に指輪があることから、結婚《けっこん》しているんだろうなと思っていた。

「そうだけど、おじさんはどこから来たん？　大阪とか京都とか？」

私が住んでいる場所は関西からほど近い、海水浴場がある町だったから、ほとんどが関西からの客だったのだ。

「まあ……そうだけど、今年からこの町に住んでるんだよ。キミ達が生まれる前に一度、この海に来たことがあって」

「海が綺麗《きれい》で好きになったから、引《ひ》っ越《こ》して来たってわけか」

ナオヒロがそう言うと、男性は少し困ったような表情になって。

「それより、キミ達はこんな雨の日に何をしているんだい？　危ないから早く帰った方がいいよ」

私達を早く帰らせようと、そんなことを言い始めたのだ。

これには、やっとイカダの上に乗ることが出来た私達は少し反発して。

「このイカダ、いつも人がいっぱいで乗れないんだ。今日みたいな日じゃないと」

「そうなんだよ。それに今来たばかりなのに、まだ帰りたくないよなあ」

口々にそう言ったけれど、その男性は私達の後ろを指差して首を横に振《ふ》った。

「……キミ達は、海で死んだ人はどうなるかわかるかい？」

突然《とつぜん》何を言い出すのかと、驚《おどろ》いてその指が示す方向を見てみたが……少し波がある海が見えるだけ。

「な、なんだよ急に。海で死んだ人って……引き上げられて葬式《そうしき》するんだろ？」

「まあそうだね。でも、海はその人の無念や恨《うら》み、苦しみを呑《の》み込《こ》んで溶《と》かしてしまう。それが雨となって降り注ぐんだ。雨の日は、晴らされない想いで溢《あふ》れてしまうんだよ」

男性の言葉で想像してしまった。

この海水浴場で、毎年何人も死んでいる。

あまり考えたことはなかったけど、身体《からだ》は家族の元に戻《もど》っても、魂《たましい》は……幽霊《ゆうれい》は本当に家族の元に戻っているのだろうか。

想いの、幽霊の循環《じゅんかん》。

海から空へ、そして雨となって地上へ。

そう考えると遊び慣れた海が、急に黒くて深い、恐ろしいものに思えて、ブルッと身震《みぶる》いをした。

「それ、本当の話？」

「俺《おれ》がそう思ってるだけだよ。だけど俺はそうだって信じてるんだ」

随分《ずいぶん》恐ろしいことを信じているんだなと、この男性のことが気味が悪く思えて、ナオヒロには悪いけど早く帰りたくなったのを覚えている。

「な、なんか気持ち悪いんだけど……ナオヒロくん、もう帰らない？」

「お前、ビビったのか？　そんな話聞いたこともないし、あるはずがないだろ？　俺はずっと、夏は雨の日でも晴れの日でも海で泳いで育ったんだぞ」

この辺りの小学生は大体同じようなことを言っているのだけど、海岸を見ればわかるように、本当にそれを実行している人はいない。

「じゃ、じゃあ、先に岸に戻ってるからね。ナオヒロくん。僕《ぼく》、なんだか嫌《いや》な予感がするんだよ」

「お、おう！　俺はもう少し遊んでから帰るからよ」

男性の話にビビったかと言われたら、確かにビビったと言わざるを得ない。

だけど何か、本当に何か嫌な予感というか、恐ろしい感覚があったから。

私は昔から、怖いと感じることからは逃《に》げて来た。

それがここでも出たのだと思う。

岸に向かって泳いでいても、身体を撫《な》でる海藻《かいそう》が、まるで人に撫でられているようで気持ち悪くて、慌《あわ》てて泳いだ。

そして、やっとの思いで海から出て、安心して振《ふ》り返った時だった。

「え」

何がどうなっているのかわからず、私は短くそう呟《つぶや》くのが精一杯《せいいっぱい》だった。

イカダの上。

ナオヒロと男性の二人だけがいるはずなのに、他に三人、大人や子供の影《かげ》が見えたのだ。

いや、違《ちが》う。

続々と海の中から、像がハッキリしない人影がイカダに上がって来ているのだ。

何かがおかしい。

何がって、イカダにいた男性。

私達が見ていた方向からは確かに見えていたその姿は右半分がなく、半身の人間が動いていたのだ。

「な、何あれ。あの人、人間じゃなかったの？　ナ、ナオヒロくん！　早く戻って！　逃《に》げて！」

私は必死に手を振り、叫《さけ》んだと思う。

だけど向こうの声が私に聞こえなかったように、私の声もまた、雨音に掻《か》き消されて聞こえなかったようだ。

どれだけ呼び掛けても、動いてみせても、ナオヒロは男性と言い合うように話していて、その間も不気味な人影が次々と海からイカダへと上がっている。

こんな気味の悪い光景を見たのは初めてだった。

恐怖してか、雨に打たれてかはわからない。

強烈《きょうれつ》な悪寒《おかん》に身震《みぶる》いし、その恐ろしい光景をただ見ることしか出来なかった。

「あ、ああ……ダ、ダメだ。もしかしてナオヒロくんは連れて行かれるんじゃ……」

そう感じた私は、助けに行こうかどうかと考えながらもその場でオロオロするだけで足は動かない。

雨が強くなって来た。

パラパラという雨音は、バチバチと激しいものへと変わって。

イカダにいるナオヒロの姿もますます見えづらくなって、でも、状況《じょうきょう》が悪くなったことは一目瞭然《いちもくりょうぜん》だった。

海から上がる人影により、イカダの上はもう満員状態。

ようやくそれに気付いたのか、ナオヒロが驚いて慌てている。

不気味な人影がナオヒロに覆《おお》い被《かぶ》さるようにして、海の中に落としたのだ。

「う、うわわっ！　助けて！　助けてっ！」

浮かんで顔が出たと思ったら、再び人影に沈《しず》められて、今にも溺《おぼ》れさせられそう。

それを見て怖くないはずがない。

だけど、不思議とナオヒロを助けなければという強い思いだけはあって、足が動いた。

砂浜《すなはま》を走って、海に入ろうとしたその時。

「待て！　お前、こんな日に何しようとしとるんや！」

私は後ろから腕《うで》を掴《つか》まれて、動きを止められてしまった。

急に止められて驚いた私が慌てて振り返ると……そこにはヒゲを生やした40歳《さい》くらいのおじさん。

「た、助けて！　ナオヒロくんが幽霊に溺れさせられてる！　身体が半分しかない幽霊がいて、それで！」

このおじさんが誰かなんて考えもしなかった。

ただナオヒロを助けたい一心で必死に助けを求めたのだが、おじさんは海の方を見て顔を顰《しか》めた。

「幽霊……なんかどこにおる？　わしには何も見えんぞ」

「僕には見えるの！　ほら、あそこにナオヒロくんがいるでしょ！　溺れそうになってる！　お願いおじさん、助けて！」

磯臭《いそくさ》い服を着たおじさんにしがみつき、ナオヒロを指差したが、おじさんは首を横に振って。

「……おらん。そんなもんおらんぞ。どこにお前の友達なんかおるんや。それはほんまにお前の友達なんか？」

おじさんのその言葉に、私は頭が真っ白になったのを覚えている。

何を言っているのだろう。

このおじさんはおかしい人なのかと思いながら、ゆっくり海の方を、ナオヒロの方を見た。

すると、ナオヒロは黒い人影と共に、足が着くはずのない深さの場所で腰《こし》から上が見える状態で立っていて。


「もう少しだったのに」

まるで耳元で囁《ささや》かれたかのような大きさで低い声が聞こえたのだった。

一体何がどうなっているのかわからない。

ただ、私が海に入らないようにと、おじさんがしっかりと肩《かた》を掴んでいたことだけは覚えている。

力を込《こ》めて、必死に押《お》さえ込んでいたのだろう。

あの肩の痛みと、もう少しで海に引きずり込まれそうになったという恐怖は今でも。

「もしかして、ほんまに幽霊に誘《さそ》われてたんかお前。危なかったな、わしが遅《おく》れてたらお前が幽霊になってるとこやったで」

その言葉を私はどんな思いで聞いていたのだろう。

どうやらこのおじさんは近くに住んでいる人らしく、ぼんやりとしている私から名前を聞いて、家まで送ってくれた。

家に帰るなり、おじいちゃんが鬼《おに》のような形相で私に平手打ちをし、吹《ふ》っ飛んだ私は玄関で倒《たお》れて泣きじゃくった。

雨の日は海に行くなという約束を破った、私への罰《ばつ》なのだと後に受け入れたが、この時は何が何だかわかっていなかった。

一体あれは何だったのか。

イカダの男性は、海で死んだ人だったのか。

そして、集まって来た不気味な人影もまた、男性が言った水死した人達の幽霊だったのだろうか。

考えることは沢山あって……いや、そうではない。

考えていなければ、恐怖で頭がおかしくなってしまいそうだったからだ。

晴れた日は、暑くて動きたくないけれど、心配事が一つ減るから安心出来た。

おじいちゃんもいつも通りにこやかで、あの日の鬼のような形相は見ることがなくなった。

あの日、もしもおじさんに止められなかったら、私は海に入ってしまって幽霊達に溺れさせられていたかもしれない。

そして私の無念が溶け込んだ水が循環し、雨となって降る日には、別の誰かを引きずり込む為《ため》に待ち構える存在になっていただろう。

いや、それよりも恐ろしいのはナオヒロだ。

今になって考えてみれば、私にナオヒロなどという友達はいない。

それなのに私は、ナオヒロを友達だと思い込んでいた。

さらに、家の中にまで入って来て私を海に誘ったのだ。

この辺りの防犯意識の低さが、招かれざる客をも招いてしまったということなのだろうか。

友達ではないのに友達だと思い込ませるなんて、考えれば背筋が凍《こお》りそうになる。


雨の日は海に行ってはいけない。

この言葉の意味を痛感した私は、晴れた日におじいちゃんの付き添《そ》いでしか海に行かなくなった。

雨が降ったら、おじいちゃんに心配をさせないように、おじいちゃんの部屋で過ごす。

あの日以来、雨の日は玄関のドアを閉めるようになった。

おかしなものが勝手に入って来ないようにする為だ。

もう二度とあんな恐ろしい体験をしたくないと思ってはいたが、どうやらそういうわけにはいかなかったようだ。

私はこの海で数々の恐ろしい体験をしているし、小さい頃の教えは大人になってからも守っている。

そして、小学四年生の夏の恐怖はこれで終わったわけではなかった。

ある日、雨が降った。

と言っても夜遅くになってから、戸締《とじま》りが終わった後にだ。

夜の十時ともなればもう寝るだけだったから、トイレに行って部屋に戻ろうとした時だった。

バン！

玄関のドアを叩く音が聞こえて、私はビクッと身体を震《ふる》わせた。

「おーい、俺だよ。海に……行こうぜ」

ナオヒロの声が聞こえた。

3章

海から来るもの

私が中学生の頃《ころ》に体験した話だ。

海の近くにある、私が住んでいる集落はやたらと地蔵《じぞう》が多かった。

一番近い場所だと家の裏にあったたし、どうしてこんなにも多くの地蔵があるのかは誰《だれ》も教えてはくれなくて。

学校の授業で、自分の住んでいる地域のことを知ろう、みたいなものがあり、近くに住む三人で地蔵のことを調べることにした。

「誰か、何か知ってる？　俺《おれ》の家の前にも、佐々木さんの家の横にも、道の真ん中にもあるのに、じいちゃんもばあちゃんも何も知らないって教えてくれないんだよな」

うちの近くに住むテルキが、諦《あきら》め混じりの溜《た》め息をついたが、私の方も何も収穫《しゅうかく》はない。

二軒隣《にけんとなり》に住むタクヤもまた、地図に記した地蔵の場所を見て頭を悩《なや》ませている。

「うちのおじいちゃんも何も言ってくれないんだよね。絶対に何か知ってるのに、僕達には教えてくれないパターンだよあれは」

「だよなあ。だったら、とりあえず俺達で全部の地蔵を一つ一つ調べるしかないよな。だれも教えてくれないならさ」

タクヤの言うことは正しいと思った。

学校の授業でやってることだし、大人は協力してくれるものとばかり思っていたから。協力が得られないというなら、自分達で勝手に調べるしかないのだ。

その日の放課後、私達は家に帰るついでに、この集落の地蔵の場所を再度確認しておこうと道を歩いていたら、今まで気付かずに通り過ぎていた場所にまであることを知った。家と家の間にひっそりとあったり、道の真ん中に堂々と鎮座《ちんざ》していたりと様々だけど、どれにも一つの共通点があったのだ。

「なあ、これ……名前か？　ヤサブロウとかキクヨとか」

「そうだろうな。もしかしたら、この地蔵を作った人の名前かもしれないね」

テルキが指差した地蔵の裏側、そこにカタカナでそう彫《ほ》られていたから、私は何となくそう思って答えた。

名前の感じが昔っぽいというのが理由なのだが、そもそも何もわからないから調べているのだ。

聞かれてわかるはずもなかった。

「そうか。そうかもしれないな。それにしても……なんでこの集落はこんなに地蔵があるんだよ。ちょっと歩いたらすぐに地蔵があるじゃないかよ」

調べてみてわかったことだけど、見付けた地蔵には全て名前が彫られていて、その中には比較的《ひかくてき》新しいものもあった。

それが「ナオヒロ」なのだが、私が小学生の頃に友達だと思い込《こ》んでいたあいつと同じ名前だというのが、少し恐《おそ》ろしさを感じた。

あの夏以来、ナオヒロが家に来る事はなくなったが、いつか来るのではないかという恐《きょう》怖《ふ》は拭《ぬぐ》えていなかった。

暗くなるまで集落を歩き、新たに見付けた地蔵の場所を地図に書き記していると、タクヤが何かに気付いたようだ。

「おい、ちょっと見てみろよ。この地蔵の場所……おかしくないか？」

そう言われて地図を見るけど、随分沢山《ずいぶんたくさん》あったなという印象しかなかった。

「これは……なんでこんな形に？　というよりもこれはまるで……」

タクヤとテルキだけわかって、私が仲間外れにされているかのようで良い気はしない。

「な、何がおかしいんだよ。教えてくれよ」

「お前、本当に気付かないのかよ。良いか？　海に面した道のうち、二箇所《にかしょ》だけに地蔵がないんだよ。それがこの集落を横切って……繋がる。このルートから分岐してる道には全部地蔵があるんだよ」

タクヤに説明してもらいながら地図を見ると、確かに地蔵のない道が「コの字」に現れていたのだ。

それは、三人の家の前を通る道。

普段《ふだん》は何も感じない見慣れた道も、何か奇妙《きみょう》な出来事が重なると恐ろしく感じるものだ。

地蔵という、明らかに何かがありそうなものが絡《から》んでいるとなればなおさら。

だが、それ以上のことはわかるはずもない。

今日のところは家に帰ることになり、これを基《もと》におじいちゃんが何か教えてくれたらということを期待するしかなかった。

家に帰って、おじいちゃんの部屋に行き、集落の地蔵のことを話すと、おじいちゃんはあからさまに嫌《いや》そうな表情を浮《う》かべて私を見た。

「学校の授業でそんなこと調べたんか。ろくなことせんのう……」

そう言うと自分の前の床《ゆか》を指差して、私に座れと促《うなが》す。

「よりによって今日そんなことを言うてくるとは思わんかった。まずどこから話せばええやろな」

この様子だと、私が調べなければ黙《だま》っていようと思っていた口ぶりだ。

運が良かったのか悪かったのか。

「テルキくんとタクヤくんと三人で調べたんだけど、地蔵がある場所を見ると、集落を横切る道が出来たんだ。おじいちゃん、これって何の意味があるの？」

「……ミカイジ様の通り道や」

「ミカ……え？」

「ミカイジ様や。どんな意味か、いつから呼ばれとるかもわからんけどな、海から来たミカイジ様は、地蔵から先には行けん。だからこの道を通って海に帰って行くんや」

今まで何も教えてくれなかったのに、今日は随分あっさりと教えてくれた。

それが何かはわからないけど、明日二人に話すのが楽しみだと、この時は思っていた。

「そのミカイジ様って、そんなのが来るの？　いつ来るの？」

私が尋《たず》ねると、おじいちゃんは顔を顰《しか》めて囁《ささや》いた。

「今日の夜や」

どうやらそれは六年に一度、六月に入って最初の新月の日に海からやってくるというのだ。

それが何かというのは、おじいちゃんは口ごもって言ってくれなかったが、何か言えない事情があるのだろう。

それよりも私は、凄《すご》いタイミングで知りたいことが重なったと喜んでいたら、おじいちゃんに無言で頭を叩《たた》かれた。

「アホか！　ええか。よりによって今日、お前がミカイジ様のことを調べたいうのが、ミカイジ様と縁《えん》が繋がったいうことや。絶対に今日の夜は外に出るんやない。連れて行かれてしまうぞ」

「で、でも……そのミカイジ様ってうちの前を通るんだよね？　もしも窓から見ちゃったらどうしよう」

「……運が良けりゃあ、精神障害者になって生きてられるかもしらんな。笹浜《ささはま》さんの次男《じなん》坊《ぼう》がおかしくなったのも、十二年前にミカイジ様を見たからや言われとる」

それは果たして運が良いのだろうか。

命が助かるという点では運が良いかもしれないけれど、私はそうはなりたくはなかった。

「まあ、早く寝《ね》ることや。寝てしまえばミカイジ様を見ることもないし、今日さえ終われば次は六年後やからな」

きっとこの話は、父さんや母さんも知っていることなのだろう。

六年前と言えば私は小学校低学年で、早い時間に寝ていたから、その時は言う必要がなかったのかもしれない。

夜になり、寝る準備を済ませて私は布団《ふとん》の中に入って寝ようと目を閉じたが、今日に限って全然眠《ねむ》れなかった。

窓から外を見ないように障子で目隠《めかく》ししているし、いつもと変わらない暗い部屋だ。

ミカイジ様とは何だろう。

連れて行かれるとはどういうことだろう。

外に出るなと言われたけど、この時間まで仕事の人もいるはずで、そういう人はどうするのだろうと考えてはいた。

そういえば今日は父さんが十一時に帰ってくるはずなのに、なぜか明日の朝に帰ると昨日話していたような気がする。

もしかすると、ミカイジ様に出会わない為《ため》に今日は帰らないと決めていたのだろうか。

そして、その時は訪れた。

何かを引きずるような音が、まるで頭の中で響《ひび》いているように近くで聞こえる。

人の唸《うな》り声のような、悲しい声が耳元で。

耳を塞《ふさ》いでも、布団を被《かぶ》っても感じる音の大きさは変わらず、私は身体《からだ》を小さくして震《ふる》えた。

おかしい、何かが……いや、全てがおかしい。

聞こえるはずがない音が聞こえて、ここにいないのにいるような存在感がある。

これがおじいちゃんが言っていた、ミカイジ様との縁かと考えながら、それでも私は恐怖の中、布団から出ようとはしなかった。

聞こえ始めたのはそれだけではなかった。

低く、唸るような声で、部屋の外からお経《きょう》のようなものが聞こえ始めたのだ。

それはおじいちゃんの声。

私は震えるしか出来なかった。

ミカイジ様と縁が出来たとおじいちゃんは言ったけれど、これほどまでに恐ろしいとは思わなかった。

どうにかして私を助けようとしてくれているのだろうけど、おじいちゃんの声よりも何かを引きずる音と唸り声の方が大きく聞こえる。

そして……。

バンッと、玄関《げんかん》のドアに何かが当たる音が聞こえた。

ビクッと身体が震え、ますます小さく丸まったが、さらに追い打ちをかけるような声が私の耳に届いた。

「おーい、海に行こうぜ海に！　いるんだろ？　まだ、起きてるんだろ？」

それは忘れもしない、ナオヒロの声だった。

何年も現れなかったのに、よりによって今日現れるなんて。

そう考えると、私はなぜか布団から抜《ぬ》け出して、部屋から出ていた。

自分の意思ではない。

まるで声に誘《さそ》われるように、身体が勝手に動いていたのだ。

廊下《ろうか》に出ると、おじいちゃんが驚《おどろ》いた表情で私を見ていたのは覚えている。

「お、お前……出て来るな！　連れて行かれるぞ！」

おじいちゃんに腕《うで》を回され、身動きが取れないように押《お》さえ付けられて廊下に座り込んだ。

それは夢だったのか、それとも私が本当に見た物だったのか。

磨《す》りガラスの玄関の戸は、真っ暗で見えるはずがないのに、それがいることを教えてくれていた。

大きい。そして気持ち悪い。

ナオヒロの声が聞こえたけれど、それは人間ではないことがわかる。

小さな手が生えた、不気味な塊《かたまり》。

それが玄関の戸を壊《こわ》す勢いで、バンバンと体当たりをしているのだった。

「見るな！　何を言われても聞くな！　あれはミカイジ様や！　心も身体も連れて行かれ

てしまうぞ！」

そう言い、再びお経のようなものを唱え続けるおじいちゃん。

私は何もすることが出来ずに、おじいちゃんに抱《かか》えられたまま、ナオヒロの声を聞いていたと思う。

いつの間にか気を失っていたようで、気付いた時には布団の中。

朝の、学校に行く時間で、ぼんやりとする頭を掻《か》きながら、昨夜のあれは何だったのかとおじいちゃんがいる居間へと向かった。

だけどおじいちゃんは何事もなかったかのようにタバコをくわえて。

「なんや？　ミカイジ様が怖くて、おかしな夢でも見たんと違《ちが》うか」

そう言って笑っていた。

だが、それは決して夢なんかではないということを、学校に行ってから知る。

朝の出席確認の時、先生から告げられたのはテルキが溺《おぼ》れて死んだということ。

詳《くわ》しい話は一切されずに、もう今日には通夜、明日には葬式《そうしき》が行われるようだった。

いや、それだけではなかった。

タクヤがどうにもおかしい。

ずっと頭を前後左右に振《ふ》り、言動が以前とは明らかに違っておかしくなっていたのだ。

クラスメイトからは気味悪がられ、まるで別人だと言われたが、彼《かれ》は後に、普通《ふつう》に高校に進学した。

それでも私は、変わってしまった友人と今まで通り接することが出来なくなって、次第に距離《きょり》を取るようになった。

全てはあの日、集落の地蔵を調べたことで、私達とミカイジ様の間に縁が生まれたこと。

これは私の勝手な推測だが、その縁がテルキを海へ連れ去り、タクヤの心の一部を連れ去ってしまったに違いない。

私が無事だったのは、おじいちゃんがいたからだ。

あれが夢かどうかはわからないけど、きっとミカイジ様が去るまで、必死にお経を唱えてくれていたのだろう。

そうでなければ、私はテルキのように海へと連れて行かれ、水死体として発見されていただろうから。

その日を最後に、ナオヒロが私の前に姿を現すことはなくなった。

テルキを私の代わりに連れて行ったから満足したのか、それともおじいちゃんのおかげか。

この後しばらくして、おじいちゃんは血を吐《は》いて倒れ、その半月後に帰らぬ人となった。

最後に命を懸《か》けて私を助けてくれたのか、それとも私を助けたことでミカイジ様の怒《いか》りに触《ふ》れたのかはわからない。

テルキとタクヤに起こったことを考えると、やはりおじいちゃんに助けられたと考えるのが普通だろう。

誰《だれ》が死のうと、世界がどう変わろうと季節は巡《めぐ》り、夏はやって来る。

海水浴客は何も知らずに海に入って、そして何人かは死ぬ。

その無念の塊がミカイジ様かと考えたことがあるけど、私はそれとは違うとも感じていた。

おじいちゃんが死ぬ前に教えてくれたことがある。

『ナオヒロはお前が生まれた年にミカイジ様になった。同い年のお前を友達と思っているのかもしれない』

そう言っていたが、そもそもミカイジ様とは何なのか。

地蔵に彫られていた「ナオヒロ」という名前は、あのナオヒロのことなのだろうか。

きっとそうに違いないが、私はミカイジ様を調べようとは思わなかった。

そんな物には関わりたくなかったから。

4章

夏に会った女の子

私が中学三年生の夏、出会った女の子がいた。

お盆《ぼん》の初日、雨が降る日に散歩がてら海に行くと、消波《しょうは》ブロックに腰掛《こしか》けて海を見ている女の子だった。

普段《ふだん》なら特に気にもしないのだが、雨の日に傘《かさ》もささず、それも少し波がある日に座っているのが気になって。


「濡《ぬ》れるよ？　雨も降ってるし、波もあるのに」

当時、思春期真っ盛りの私に、気の利いた言葉なんて言えなかった。

目を逸《そ》らして照れ隠《かく》しのように、傘を差し出したのを覚えている。

「濡れてるからいいの。キミ、この辺りの子？」

何とも不思議な女の子だった。

わざと濡れているという意味がよくわからないが、その自分の常識から外れた考えが、妙《みょう》に格好《かっこう》よく思えたものだ。

「うん。すぐそこに家があるんだけどね。キミはどこから?」

「車で三時間くらいのところ。近くにね、親戚《しんせき》の家があるんだ」

雨に濡れた、その不思議な魅力《みりょく》のある女の子に恋《こい》をするまでに時間はかからなかった。

うちの学校の女の子だと、私をバカにしたり、冷ややかな目で見られることもあるから、こんなにも自然で飾《かざ》ることなく話せることが、たまらなく心地良かった。

「えっと、キミの名前は?」

「教えない。お互《たが》いにキミで良いじゃない」

本当に変わった子だった。

だけど私は、名前を聞いてしまうと二度と会えなくなるような気がして、名前を聞くこともなく、雨の中で夢中で話した。

「……だからさ、雨の日には海に行っちゃいけないし、お盆だから海に入ってもいけないんだよ」

「そんなこと気にしてるの？　雨の日に海にいるけど、何も起こらないよね？」

「そ、それは……毎回起こってたら大変だから、狙《ねら》われてる人だけが見えるんだよ」

自分で言っていて、なんて説得力がないのだろう。

だけど私は過去に何度か、恐《おそ》ろしい経験をしている。

「何それ。でもまあ、キミが怖《こわ》い目に遭《あ》ったって話は否定しないよ。でも、私は信じたくないなぁ」

「それこそ何それだよ。俺《おれ》の言うことは否定しないのに、信じないってさ」

波が少し高くなって、もう腰から下は水しぶきでずぶ濡れになりながらも話をしていた。

そして、ジッと私を見詰《みつ》めて、女の子は小さく口を開いたのだ。

「私さ、八年後に死ぬって言われてるんだ。それもね、絶対にだって。病気でもないし、こんなに元気なのに信じられると思う？」

衝撃的《しょうげきてき》な話だった。

元気な中学三年生が、自らの死を感じることなどそうそうないだろう。

だからこそ、私の心を強く揺《ゆ》さぶったのだ。

そんなの、信じられるはずがない。大丈夫《だいじょうぶ》だよと言おうとした時。

女の子の足に、黒くて気味の悪い手のような物が絡《から》み付いていたことに気付いた。

「えっ⁉」

発する予定ではなかった言葉を発し、それに目を向けたが、次の瞬間《しゅんかん》には消えていた。

「な、なに。驚《おどろ》かさないでよ」

「え、あ……今、黒い手がキミの足を掴《つか》んでた気がして……」

「もう、キミの話は否定しないって言ったでしょ？　わざと怖がらせなくてもいいよ」

そういうわけではなかったのだが、ほんの一瞬《いっしゅん》そう見えただけだから、見間違《みまちが》いだったのかもしれない。

「なんか身体《からだ》が冷えてきちゃった。私、家に帰るけど……キミも来る？」

「え？　いいの？」

「もっと話をしたいし、家が近いんだから別に良いでしょ。おばあちゃんも知り合いかもしれないしさ」

確かにこの集落の人達は皆《みな》知り合いなのだが、それでも苦手な人もいるわけで。

「じゃ、じゃあどこの家か教えてよ。俺、着替《きが》えたら行くからさ。あ、なんならうちに来る？　この時間は誰《だれ》もいないんだけど」

私は特に何も考えずに言ったのだが、それが女の子を少し警戒させたようで。

「誰もいない家に行くのは身の危険を感じるなあ。やっぱりうちに来てよ。浜村《はまむら》って家なんだけど、わかる？」

わかるもなにも、三軒横の家だった。

その後私は、家に帰って凄《すご》い速さでシャワーを浴びて、服を着替えて浜村さんの家に向かった。

少し待つことになるかなと思っていたが、女の子は私よりも早く着替えを済ませたのか、玄関《げんかん》先で待っていたことに驚《おどろ》く。

先程のTシャツにショートパンツ姿とは違い、白いワンピース姿に私は惹《ひ》かれた。

「早かったね。そんなに私に会いたかった？」

「ち、違うし。人を待たせるのが嫌なんだよ俺は」

心の中を見透《みす》かされたようなその物言いに、反発するように言い訳をしてみたものの、それすらもわかっているように目を細められてしまった。

「そ。じゃあ上がって」

女の子に言われるままに家に上がり、階段を上ると……真っ暗な廊下《ろうか》が私の顔を顰《しか》めさせた。

この辺りだとよくあるのだが、お年寄り二人だけが住んでいる家は、二階の雨戸を閉めっぱなしになっている。

だから珍《めずら》しくはないのだが……廊下の奥《おく》に、妙な気持ち悪さを感じた。

「どうしたの？　私が使ってる部屋はこっち」

T字になっている廊下で、私が見ていた方とは反対側にいる女の子に声を掛けられたけど、どういうことかそこから目が離《はな》せなかったのだ。

何かがいる。

何かがこちらを見ているという感覚に、私は息を呑《の》んだ。

ゆっくりと、何かがこちらに歩いて来ている。

音もなく、暗闇《くらやみ》の中から足が見えた。

どうする、どうすればいいんだと、身体が震《ふる》え始めた時だった。

「こっちだって。ほら、早く！」

女の子が痺《しび》れを切らしたのか、グイッと私の腕《うで》を引っ張り、反対側にある部屋に引き込んだのだ。

声も出せなかった状態から、部屋の中に入って突然《とつぜん》息が出来るようになったような感覚。

プハッと空気を吐《は》き出し、じんわりと額にかいた汗《あせ》を拭《ぬぐ》って、目の前に立つ女の子に目を向けた。

「話を聞いて、やっぱりだと思ったけど……キミ、見えないものが見えるタイプだよね？」

「そ、そんなんじゃないよ。全然見えないけどさ、もしかすると海に関係するものは見えるのかも。昔、いないはずの友達なんてものも見えたからさ」

「ふーん。でも、何か見えたんじゃないの？　なーんか、廊下の奥の方が気持ち悪くてさ。あ、私は全然見えない人だからね？」

強調しなくても、私も海に関係ないものは見えないと言ったばかりなのに。

だけど、そんな私が見えたということは、あの足も海に関係があるのだろうか。


「とりあえず座ってよ。立って話をするつもり？」

女の子の部屋……というよりは、やはり客室と言うべきか。

女の子の荷物はあるけど、それ以外はテレビもない殺風景《さっぷうけい》な部屋だった。

「実はね、さっきキミが見ていた廊下の奥。あそこに部屋があるんだけど、昔から絶対に入っちゃダメって言われててさ。もしかして何か見えたりした？」

女の子と二人でドキドキする間もなく、突然言われた色気のない言葉に、私は小さく頷《うなず》いた。

「足が俺の方に歩いて来てた。まあ、信じないかもしれないけどね」

「……ああ。それは信じちゃうかも。でもキミが見えたってことは、海に関係してるのかな」

唸《うな》る女の子を見ながら、私は嫌な予感がすると思っていたはずだ。

そして、その予感はすぐ後に当たることとなる。


「ちょっと……部屋を覗《のぞ》いちゃおうか？」

ダメだと言われるとそれをしたくなるという、子供によくあるやつだ。

普段の私なら、絶対に嫌だと突っぱねているだろうけど、この目の前の魅力的な女の子に良いところを見せたくて、「いいよ」と返事をしたのだった。

廊下に出ると、夏だというのに足元がひんやりとする。

雨戸が閉まっているから涼《すず》しいなんて話ではない。

まるで冷蔵庫の中にでもいるかのような寒さだった。

「何か見える？」

「な、何も見えない」

「じゃあ今しかないね」

見えなくても今ではないと思うのだが、私は逆らうことが出来ないでいた。

足音が一階に聞こえないように、静かに廊下を歩いて行く。

真っ暗で、壁《かべ》にある照明のスイッチを押しても反応しないのはなぜなのだろう。

「暗いね。ちょっとだけ雨戸を開けようか」

女の子はそう言って、廊下の雨戸を少し開けた。

微《かす》かな光が窓から廊下に射《さ》し込《こ》むが、それで十分だった。

その光景を見た私達に恐怖を与《あた》えるには。

「な、なんだ……これ」

廊下の奥、入ってはいけないと言われている部屋のドアの前。

そこの壁には汚《よご》れたり破れたりしている御札《おふだ》がびっしりと貼《は》られていて、ドアの前にはお膳《ぜん》があり、誰かが食べたのだろうか、空いた器が載っていたのだった。

「お、御札？　それに……このお膳、そんなに古くないよ。ご飯粒《はんつぶ》って乾《かわ》くとカチカチになるでしょ？　でもこのお茶碗《ちゃわん》に付いてる粒は……」

言われてみれば、確かにまだ新しい。

まるで、今日置かれたばかりのようだ。

そのお膳をまじまじと見ていた私達の目の前。

ドアが突然《とつぜん》奇妙《きみょう》な音を立てる。

ガリッ……ガリッ……。

これは何の音だと考えなくたってわかる。
爪《つめ》でドアを引っ搔《か》いているのだ。
それもこの向こう側から。

ガリッ……ガリッ……。

その音に、廊下の冷気が身体を包み込んだかのような悪寒が走り、震えたくもないのに身体が小刻みに震える。

「な、な、何⁉　誰かいるの⁉　聞こえたのは俺だけ⁉」

「わ、私も聞こえてる！　こ、この家にはおばあちゃんとおじいちゃんしかいないはずなのに！　も、もしかしてお父さんがイタズラしてる⁉」

冷静に考えれば、その可能性は低いだろう。

でも、この時の私達は、襲《おそ》い来る恐怖からどうにか逃《のが》れたいと、混乱状態の中で必死に答えを求めていた。

逃《に》げたい。

今すぐここから逃《に》げ出したい。
でも、この女の子に良いところを見せたい一心で馬鹿なことを口走ってしまったのだ。
「な、中に誰がいるか確かめよう。お父さんのイタズラかもしれないんでしょ？」
「ほ、本気⁉　で、でもそうかも。お父さんなら安心出来るし……」
少しの間があったのは、きっと「もしも違ったら」という言葉を呑み込んだのだろう。
私がそう考えていたから、女の子もきっと同じ想いだったはずだ。
錆《さ》びた金属製のドアノブ。
それを握《にぎ》った女の子が、意を決したかのようにドアを開いた。
外開きのドアで、お膳に当たってしまったから、私がそれを移動させた。
だが、部屋の中はやけに埃っぽく、何年も開けられていないのがわかるほどだ。
部屋の中を見た私と女の子は言葉を失った。

正面にあったのは小さな台と、その上に載っている小さな木箱だけ。

床《ゆか》には、ボロボロになった布が散乱していて、壁には爪で引っ掻いた跡《あと》のようなものがある。


「ヤバい……ここはヤバい」

私は無意識のうちにそう呟《つぶや》いていた。

何か確信があってではない。

全てがおかしすぎて、とてもではないがそこにいられなかったのだ。

「誰も……いない？　そんな、さっき音が聞こえたよね!?　あの音は何だったの!?」

「こ、ここから離れよう！　せめてキミの部屋に！」

私は女の子の手を掴んで、逃げるように廊下を走った。

このまま家から飛び出してしまっても良かったが、女の子の部屋は妙な安心感があったから。

あの場所なら大丈夫だと感じたのだと思う。

だが、背後から何者かが追い掛けて来る足音が聞こえる。

早く、早くと焦《あせ》りながら走り、何とか部屋に辿《たど》り着いた。

部屋に入る前に振《ふ》り返った私が見たのは……天井に張り付いた、四つん這《ば》いの人間の姿だ。

人間というよりまるでミイラのような、干からびた人が迫《せま》っているように見えた。

急いで飛び込んだ部屋。

二人で倒《たお》れた畳《たたみ》の上。

ドアを閉めた瞬間《しゅんかん》、ドアを叩き、引っ掻く音が聞こえ始めたのだ。

その音はしばらく続いた。

私と女の子はお互いを庇《かば》うように抱《だ》き合ったまま、恐怖《きょうふ》に耐《た》えた。

そしてどれくらいの時が流れただろうか。

あまりの恐怖に私は気を失って、気付いた時には夕方になっていた。

女の子も同じように目を覚まし、あれは何だったのか、夢だったのかと二人で話したが、もう一度あの部屋を確認しようとは思えなかった。

今度こそ、何かが起こったら逃げられないかもしれないから。

「ごめんね。もうあの部屋のことは忘れよう。絶対いいことないからさ」

「うん、そうだね」

女の子と別れ、それから会うことはなかった。

お互いに、あの部屋のことを考えてしまうと思ったのだろう。

後に知ったことだが、あれはミカイジ様になった子供の部屋だと漁師のおじさんに聞いた。

ミカイジ様となった後も、人として普通《ふつう》に生活しているように扱《あつか》われる為、その家の人は部屋を作っているのだと。

私は……あの部屋にあった木箱に「ナオヒロ」と消えかかった文字が書かれていたことに気付いた。

そして女の子の腕に、針で刺《さ》したかのような小さな赤い痕《あと》があったことに。

あれが夢だったのか現実だったのかはわからない。

だけど、八年後に死ぬという女の子の無事を祈《いの》るしかなかった。

5章

暗《くら》闇《やみ》の中の人

夜の海で呼ばれたらすぐに逃《に》げろと、おじいちゃんが生きていた頃《ころ》に言われたことがある。

理由を聞いた時には、某国《ぼうこく》の工作員が日本人を誘拐《ゆうかい》しに来ていると言われて怖《こわ》がったものだが、高校を卒業した私は、過去の悲劇だと深くは考えなかった。

そして、夏の海と言えばナンパと相場が決まっているのである。

「今日こそ成功させるからな！　お前ら、この前みたいにくだらないこと言うなよ!?」

海に到着《とうちゃく》して、高校時代の友達であるエイスケが気合いを入れているが、その横でカズユキが呆《あき》れたように首を横に振《ふ》った。

「エイスケが女の子をいじりすぎて怒《おこ》らせたんだろ。お、あそこにいる二人組、可愛くないか？」

そう言っている間にも、カズユキが遊歩道に座っている女の子二人を指差した。

男三人なのに、二人組の女の子をナンパするなんて、確実に一人余るじゃないか。

元々海に来ることに乗り気ではなかった私は、きっと余るのは私なのだろうなと感じていた。

海は……友達を何人も奪《うば》った場所だ。

だから、海で育ったとはいえ好きな場所ではなかった。

「ねえねえお姉さん！　暇《ひま》なら僕《ぼく》達と一緒《いっしょ》に遊ばない⁉　ご飯食べた⁉　花火とかしない⁉」

見ているこちらがドン引きしてしまうほど必死に、エイスケが声を掛《か》けているのを見て、今回もきっとダメだなと考えていたと思う。

カズユキもガックリと肩《かた》を落としてため息をついたけど、なんと予想に反して女の子達は乗り気で。

ナンパに成功したエイスケとカズユキは、まるで子供のようにはしゃいでいた。

私は車から、用意していた花火を持ち出して皆《みな》のところに戻《もど》る。

すると、女の子二人を挟《はさ》むように男二人が座っているものだから、私はどこに座ればいいのかと、四人の正面に立って花火を差し出した。

「あれ、お兄さんだけ他の二人とは違《ちが》う感じがするね。もしかして地元の人？」

「え？　ああ、うん。ここから少し離《はな》れた場所に住んでるんだけど」

話を聞くと、二人は近くの都会から来ているようで、私だけ何か違うと感じたのだという。

エイスケとカズユキは高校時代の友達だけど、海育ちではない。

でも、そんなことが見ただけでわかるのだろうか。

もしかしたら打ち解ける為《ため》の取っ掛《か》かりかもしれないなと、深くは考えていなかった。

話の内容もたいして中身のない、自己紹介《しょうかい》の延長のようなものだったから。

花火も終わり、夜の海で何をするかと悩《なや》んでいたら、カズユキが私の方を見て何か合図みたいなものを送っていた。

あまり話したくはないのだけど、海にまつわる怖《こわ》い経験は、嫌《いや》というほどしてきている。

タイミングとしては最悪だと思うけど、私にそれを話せというのだろう。

「ん？　あれ？　もしかしてあれってお金じゃない？　やっぱり百円玉だ、やったね」

少し離れた場所に落ちていた百円玉を、女の子の一人が目ざとく見付けたから、私は昔のことを思い出しながら口を開いた。

「お金はいいけどね。海に落ちてる物は拾っちゃダメだよ。中には恐《おそ》ろしい呪《のろ》いがかかった物もあるからね」

「え……なになにいきなり。超《ちょう》怖いんだけどそれ」

そう言いつつも、笑ってふざけているような感じだ。

まあ、都会の人どころか、この町の人でなければわからないだろうから、気にしなかったのだけど。

「海で財布とかアクセサリーなんかが落ちてたら、ただ落としただけかもしれないけど、もしかすると非業《ひごう》の死を遂《と》げた人から零《こぼ》れ落ちた物かもしれないから拾っちゃダメなんだ。もしも拾うと、同じ目に遭《あ》って死ぬと言われてるからね」

自分で話していて思うのは、なんて作り話臭《くさ》いのだろうということ。

だけど私の友人だったミツルはあの日、指輪を拾って死んでしまったのだから、作り話ではないのだ。

いきなり怖い話をしたからか、女の子二人は若干引いている様子で、なぜかカズユキから「お前どうするつもりだ」という目を向けられた。

話せと合図を送られたから話したのに、困ったものだ。

何か他の話はなかったかと考え、私はある話を思い出した。

「そういえば、おじいちゃんから聞いたことがあるんだけど……夜の海で誰《だれ》かに呼ばれたら、すぐに逃《に》げろって話なんだけど……」

女の子の様子を見ながら、嫌そうだったら止めようと思ってはいたけど……どうやら話の続きが気になっている様子で彼女達は私を見ていた。

「詳《くわ》しい話はわからないんだけど、夜の海って真っ暗なわけで、死後の世界から生きている人を呼んで、死の世界に引きずり……」

「おーい！」

私が話している最中の出来事だった。

海の方、波打ち際から、誰かが私達を呼ぶ声が聞こえたのだ。

「う、うおおおおっ！　マジか！　ユ、ユミちゃん、俺《おれ》がついてるからね！　大丈夫《だいじょうぶ》だからね！」

「ちょ、マジでビビるんだけど！　もしかしてこの話の為《ため》に誰か用意してた？　だとしたら手が込《こ》んでるよね」

口々に四人が話しているけど、当然私はそんな人を知るはずがない。

暗闇《くらやみ》の中、波打ち際を凝視《ぎょうし》すると、誰かが手を振っているように見える。

それを認識した瞬間《しゅんかん》、ゾワッと背筋《せすじ》を撫《な》でるような強烈《きょうれつ》な悪寒《おかん》を感じた。

花火をしていたのが原因か、それともあの日の恐怖を思い出しているのか、鼻に嗅《か》いだことのある焦《こ》げた臭《にお》いを感じて身震《みぶる》いした。

「仕込みなら仕込みって言えよ。流石《さすが》に今のは俺も騙《だま》されたぜ。ちょっと怖かったよ」

エイスケが呆然《ぼうぜん》とする私の背中を叩《たた》いた瞬間、私は我に返って海の方を見た。

あれは見間違《みまちが》いだったのか、そこにあったはずの人影《ひとかげ》がない。

少し安心して、冗談《じょうだん》を言おうとした時。

「おーい！」

またその声が聞こえて、私はもう一度波打ち際を見た。

やっぱりその人影はいた。

こちらに手を振っているようなそれは、先程《さきほど》と同じだった。

「おいおい、二回目は面白《おもしろ》くないから、あの子を呼んで来いよ。それで三対三になるだろ？」

カズユキが呆れたように言うけど、私はそんな人は知らない。

確かに女の人の声に聞こえるけど、それなら尚更《なおさら》私には縁のない話だったからだ。

「おーい！　おーい！」

今度は遊歩道の先から野太い声が聞こえた。

「おーい！」

波打ち際の人影も、遊歩道の先にいる人影も、私達を呼びながらこちらに向かって凄《すご》い勢いで迫《せま》って来ているのがわかる。

来る、何かが来る！

足から撫でられるような悪寒が駆《か》け上がって来るのを感じ、私は後退しながら声を上げた。

「に、逃げろ……逃げろ逃げろ逃げろ！　逃げるんだ！」

この声が皆の恐怖心を煽《あお》ったのだろう。

何が何だかわかってない様子だったが、ただ事ではないと理解したのか、情けない声を上げながら逃げ出したのだ。


「おーい！　おおーい！　待て待て！」

「おーい！」

声が追い掛けてくる。

遊歩道の先の声よりも、海から聞こえている声の方がとんでもない速度で迫っているのがわかる。

「走れ走れ！　捕《つか》まったらきっと死ぬ！」

「ひ、ひいっ！　走るってどこまで！」

「とりあえず車まで！」

近くの飲食店の駐車場《ちゅうしゃじょう》に停めてある車を目的地に指定し、必死に走った。

「おーい!」

もう、ほとんど真後ろから聞こえているその声を、確認する勇気なんて誰にもなかった。

皆、泣きそうになりながら走って、遊歩道から坂道に入ると……背後に感じたまとわりつくような気配と声が、突然《とつぜん》剥《は》がれたような感覚に包まれたのだ。

そこは外灯がある場所。

私は安心した気の緩《ゆる》みから、振り返って見たのだが。

光に照らされた遊歩道。

その光の輪の真ん中に、真っ黒な人影がこちらに手を振っていた。

まだ「おーい!」と呼んでいるかのような、そんな不気味さを感じる。

真っ黒なのに、口が開いているのがわかるし、あれは私達を本当に連れて行こうとして

いるのだろうということが、感覚でわかった。

坂を上り、車の横まで走って、ガクガクと膝《ひざ》が震えているのがわかって、崩《くず》れ落ちるように地面に腰《こし》を下ろした。

「ビ、ビビった……なんだあれ！　お前の仕込みじゃなかったのかよ！」

カズユキが怒《おこ》ったように私を非難《ひなん》するが、仕込みだなんて言った覚えはないし、私のせいにされるのは心外だ。

「僕は何も知らない！　海でやっちゃいけないことを思い出しただけなんだから！」

「もう、超ビビったよね。本当に怖かったよ」

私達もそうだが、海に遊びに来ただけの女の子達もたまったものではない。

「まったくだ。ユミちゃん、サキちゃん大丈夫か？　本当にこいつは空気が読めなくてさ」

エイスケが私のせいにして、場を取り繕《つくろ》おうとしているが冗談じゃない。

二人の散々な言い分に、腹を立てて口をへの字に結んでいたが、そんな私の耳にまたあの声が聞こえた。

「おーい！　おーいお前ら！　そこにおるんか！」

息を切らして坂を上がって来た人影。
まさか追い掛けて来たのかと身構え、近付いてくる人影を凝視した。
しかしそれは、私が思っているような、いわゆる「幽霊《ゆうれい》」ではなかった。

薄汚《うすよご》れたランニングシャツに作業服のズボン。

髭の生えた男性。

その男性には見覚えがあった。

ミツルが悪霊《あくりょう》に取り憑かれた時に、見殺しにさせた漁師のおじさんだった。

「お前ら、あんなところで何しとったんや。夜の海なんかにいたら、連れて行かれるぞ」

少し怒ったように、私達を見回しておじさんが声を上げたが、エイスケは半笑いで答えた。

「な、何って……ナン……お、女の子と楽しく話してただけだよ。おっさんには関係ないだろ？」

だけどおじさんは顔を顰《しか》めて私達を指差し、ボソッと一言。

「女の子って……ソレのことか？」

何か嫌な気がして、私はゆっくりとおじさんが指差している所を見る為に振り返った。

視界の端《はし》に、徐々《じょじょ》にソレが映り込んで来る。

振り返った私達は……声を上げることも出来なかった。

女の子だと思っていたのは、真っ黒な人影。


「もう少しだったのに」


低く、唸《うな》るような声でそう呟《つぶや》くと、黒い人影は煙のように私達の前から消えたのだった。

遠い昔、友達だと思い込んでいた人にも、同じことを言われたような気がする。

もしかして、あいつがまだ私を連れて行こうとしていたのかと考えたら、怖いとか気味が悪いで済まされる話ではなかった。

結局、私達はおじさんに帰るように促《うなが》されて、その日は大人しく帰宅した。

海の方から私達を呼び、迫って来たあの人影がなぜ途中《とちゅう》で立ち止まったのか、女の子だと思っていた二人が幽霊だったことが関係しているのか。

もしもおじさんが追い掛けて来てくれなかったら、私達は……少なくともカズユキとエイスケは女の子達とお楽しみだっただろう。

そしてきっと、海に住む悪いものに連れて行かれていただろう。

だけど気になることがある。

私が住む家の付近には地蔵があり、悪霊がそれ以上出て来ないようにしてあるはずなのに、女の子の姿の幽霊は、私の車の近くまで来ることが出来た。

それはどういうことだとおじさんに尋《たず》ねたら、どうやら道路拡張の際に地蔵が移動され、まるで意味をなさない場所に置かれてしまったということだった。

普通なら、こんな話は迷信《めいしん》だとか、バカバカしいとか言って笑い飛ばしそうなものだけど、昔からミカイジ様やら呪いやら、海に関わる怖い経験をしている私には、とてもではないが笑えるようなものではなかった。

カズユキは信じてくれたのか、頭を抱《かか》えていたけれど、女の子二人が幽霊だとわかったくらいからエイスケはどこか上の空で、ブツブツと何かを呟いていた。

その一週間後。

エイスケの溺死体《できしたい》があの場所で見付かった。

なぜあんなことがあったのに海に行ったのかと疑問に思っていたら、カズユキが助けを求めるように私に電話をして来たのだ。

「あいつ、『呼ばれてるから行かなきゃ。ずっと俺を呼ぶ声が耳から離れない』って言って、一人で海に行ったんだ。俺は怖くて止められなかった」

泣きながら彼はそう言ったが、その判断は正しかったと言わざるを得ない。

きっと、一緒《いっしょ》に行っていたり、止めていたらカズユキの身に何が起こっていたかわからないから。

事後だからそう思えるのであって、もしも私がエイスケと話していたなら、本当に無視出来たかはわからない。

エイスケの遺体《いたい》はブクブクに膨《ふく》れ上がり、その身体《からだ》には気味の悪い肉塊《にくかい》のようなものがまとわりついていて、どうあっても取れなかったようだと後に聞いた。

夜の海で呼ばれたらすぐ逃げろと聞かされていたけど、もしかしたら私達は、海に行ったことがすでに呼ばれていたということかもしれない。

この日から私は海に行くことが極端《きょくたん》に少なくなった。

行くとしても、よく晴れた日の昼に散歩する程度で、海には入らない。

この先、一生海に入ることはないだろう。

少なくとも、この町の海には。

6章

落雷《らくらい》に注意してください

私は先日、海に散歩に行った。

近くに住んでいるというのに、二十年近く行っていなかったのは、過去に色々と恐《おそ》ろしいことがあったから。

それなのに、なぜかこの雨の日に、誘《さそ》われるように海に行ったのだ。

海水浴客で溢《あふ》れていたのは過去の話。

近くに高速道路が通り、コンビニエンスストアが乱立し始めた頃《ころ》から宿泊客《しゅくはくきゃく》は減り、海の家で食事をする人も減り、そしてあっという間に我が町の夏の儲《もう》けは無くなってしまったのだった。

ひと夏で一年分の収入を稼《かせ》ぐと笑っていた人達に、昔のような笑顔はない。

便利と引き換《か》えに、我が町は稼ぎを失ったのである。

そんな寂《さび》しいことを、傘《かさ》に当たって弾《はじ》ける雨粒《あまつぶ》の音を聞きながら考えていた。

「……雨の日は海に行ったらあかん。昔はよう言われたもんやったな」

ぼんやりと海を見ていたら、そんな声が聞こえて。

横を見ると、白髪《はくはつ》になってはいたけど、あの漁師のおじさんがシルバーカーを押《お》して私に近寄って来ていたのだ。

「お久し振《ぶ》りです山岡さん。いつも海で見ますけど、何をしてるんですか？」

「アホなことをするやつがおらんかなと思ってな。坊主《ぼうず》みたいに、自分から危ないことに首を突《つ》っ込《こ》むやつがたまにおるんや」

おじさんの隣《となり》に立って傘の中に入れる。

すると、帽子《ぼうし》を取ってぺこりと頭を下げてニヤリと笑ってみせた。

「坊主はやめてくださいよ。もう45になるんですから。それに、私はそんなに危ないことに首を突っ込んでましたか？」

自分ではそういう感覚はなかったのだが、おじさんからすれば、危険なことを何でもやっていたように見えたのかもしれない。

海でのルールを、ことごとく破っていたのだから。

「そりゃあもう、あの家のあの坊主はやんちゃで、アホなことばっかりするって有名やったで。わしも何度も助けとるつもりやしな」

そう言われると返答に困る。

真面目に、子供らしく生きていたつもりだったけど、そんなふうに思われていたのかと、この歳《とし》になって初めて知った。

「それは……そうですね。その節はお世話になりました。ところで一つだけ、昔聞きたくても聞けなかったことがあるんですけど」

「ん？　なんや、聞きたいことって」

立っていることに疲《つか》れたのか、おじさんはシルバーカーにブレーキをかけると、おぼつかない足取りでそれの正面に回り、ゆっくりと腰《こし》を下ろした。

「私が高校生の頃、山岡さんに助けを求めましたよね。死んだミツルが見付けた指輪のことです」

私がそう尋《たず》ねると、おじさんは途端《とたん》に顔を険しくした。

「なんや。それがどうかしたんか？　友達を助けてやれんかったのは悪いと思っとるけど、ああするしかなかったんや。わしを恨《うら》むのはお門違《かどちが》いやで」

「そうですね。今になって思えば、私達はどうあってもミツルを助けられなかった。でも一つだけ気になることがあったんです。山岡さんは言いましたよね？　民子《たみこ》って誰《だれ》ですか？」

妙《みょう》にその名前だけ覚えていて、ずっと聞こう聞こうと思ってはいたけど聞けなかった名前。

その名を出した途端、おじさんから殺意すら感じる視線を向けられたが、すぐ後に気の抜《ぬ》けたため息をついてその感覚も消えた。

「もう五十年や……そろそろええやろ。民子はな、わしの妻《つま》になるはずの女性やったんや」

一瞬《いっしゅん》、背筋に悪寒《おかん》が走った。

これが何を意味するかはわからないのだが、私は聞いてはならないことを聞こうとしているのではないかと。

でも、二十八年も頭の片隅《かたすみ》にある疑問が解決出来るかもしれないと考えると、退くことは出来なかった。

「あの日は……今日みたいな天気の、暑い夏の日やった。それでも海水浴客は多くてな。どうせ濡《ぬ》れるんやからって、皆《みな》海を楽しんどったわ」

何となくだが私は、この話が「雨の日は海に行くな」と言われるようになった理由ではないかと感じていた。

「わしらは海で遊んどったんやけどな、雨が強くなって、流石にこれはあかんと思って海の家に逃《に》げたんや、でも、民子はついて来とらんかった。なんや、海の方を指差して何か言うとるんや」

「海の方を指差して？　なんか、どこかで聞いたような話ですね」

おじさんは私に、「お前も同じようなことしてただろ」というような目を向ける。

「まあええわ。それでな、よく聞いてみると、子供が溺《おぼ》れとる言うんや。でもそんな子供、わしには見えん。今でも思い出すわ、その時の奇妙《きみょう》な光景を。海水浴客がいっぱいいた砂《すな》浜《はま》や。それが海の家に避難《ひなん》して、まるで民子を避《さ》けるように、円形に人がおらんようになったんや」

そしておじさんは空を指差した。

遠くの方でゴロゴロと小さな音が鳴っていて、こっちの方に来るかなとぼんやり考えていた時だった。

おじさんが私の目の前で手を叩き、驚《おどろ》いた顔をジッと見詰《みつ》めて小さく吐《は》き出したのだ。

「雷《かみなり》が、民子に落ちたんや」

寂《さび》しく、悲しそうな声に、私はミツルが死んだ時のことを思い出した。

「ネックレスに落ちたとか、へそから火を吹《ふ》いたとか、見てもおらん連中は好き勝手言いおって。でもな、燃えたのは嘘やない。身体《からだ》の内から炎《ほのお》が上がった感じやった」

二十八年経って、ようやくあの時の黒い人影《ひとかげ》が何なのかわかった気がする。

あれは……焦《こ》げたような臭《にお》いがしたのは、民子がミツルに取り憑《つ》いていたのだろう。

「もしかして……山岡さんがあの時、指輪を引き取ろうとした理由は……」

「……民子はその時まだ生きてたのか、海に向かって歩いたんや。そして……消えたんや。不思議なことに、海に吸い込《こ》まれるようにしてな。あの指輪はわしが民子に贈《おく》った婚約《こんやく》指輪や。あの時は半信半疑やったから強くは言えんかったけど、なんで無理矢理にでも奪《うば》わんかったんかって今でも後悔《こうかい》しとるわ」

私が黒い人影を見たのは高校生の頃だけではない。

社会人になってからも、ナンパした女の子がそれと同じだった。

「民子さんは……それがあったのが五十年前ということですか？　だったら、私が聞いていた海のルールというのは、もしかして民子さんが……」

少し、雨が強くなった。

遠くに聞いていた雷の音が近くになり、黒い雲が頭上にある。

「確かに民子が原因で作られたルールもあるやろな。でもな、わしが気になっとるのは、民子も海におる何かに連れて行かれたんやないかってことや。溺れてた子供なんてわしは見とらん。聞いたことあるやろ？　『雨の日に溺れている人を助けてはならない』ってルールや」

雨はより一層激しさを増す。

おじさんの脚《あし》や肩《かた》はずぶ濡れになっているけど、そんなことは意にも介《かい》さない様子だ。

「ちょ、ちょっと待ってください山岡さん。ミツルやエイスケを死に追いやったのが黒い人影……民子さんだとしてですよ。その民子さんを死に追いやった何かが存在するということですか?」

「そういうことや。ほれ、お前さんには見えるか? あの消波ブロックの横や」

おじさんはそう言って、海の方を指差してみせた。

雨が降って視界が悪い中、よく目を凝《こ》らすと……言われた場所には、子供が溺れてもがいている姿があったのだ。

小さく「あっ」と声を漏《も》らし、駆《か》け出そうとしたが、おじさんが私の前に手を伸ばして制する。

「見えたようやな。どうやらお前さんは、アレと波長が合うみたいや。だから小さい頃からアレが見えるし、危ない目にも遭《あ》いやすいんやと思う。わしは人の死に触《ふ》れすぎたか、それともわし自身がもう長くないいんか、今日はよう見えるわ」

人が溺れているというのに、何もせずに見ているだけなんて、気持ちが落ち着かない。

いや、もしかしたらおじさんがそう思い込んでいるだけで、本当に子供が溺れていたら？

そう考えると、止められている状況《じょうきょう》にもどかしさを感じた。

「助けたいやろ。それがアレのいやらしいところや。そういう時はこう思え。『よくも友達を殺しやがって！　お前なんか死んでしまえ！』とな。それも無理なら、あまりおすすめはせんけど、あいつの顔を見てみぃ」

今すぐにでも助けに行かなければという気持ちを何とか抑《おさ》えて、遠くで溺れている子供の顔を見ると……笑っていた。

それに、妙《みょう》な違和感《いわかん》というか。

見付けてからずっと溺れているけれど、一体いつまで溺れているのか。

ゾクリとする、身体中を撫《な》で回されるような強烈《きょうれつ》な悪寒に包まれて、私は何かから解放されたかのように我に返った。

「お前さん、アレのことを忘れたんか？　思い出さんようにしとるのか、あまりの恐怖に記憶《きおく》に蓋《ふた》をしとるのかはわからんけど。まあ、思い出せんなら、その方が幸せなんやろうな」

おじさんにそう言われて、私は遠い昔に何か恐ろしいことがあったような気がしてならなかった。

私が今日ここに来たのは、その記憶が関係しているのか。

「無理に思い出さんでもええわ。お前さんの友達も、民子もアレに連れて行かれた。そして今度は誰かを連れて行く側になるんや。そうやってどんどん怨念《おんねん》が大きくなっていく。後三年や。次のミカイジ様が生まれるのは」

ミカイジ様という言葉は何度も聞いているが、それが何なのかというのを聞いたことがない。

私が中学生の頃におじいちゃんを亡くして、もう教えてくれる人がいなくなったというのが大きな理由だ。

父はおじいちゃんの話をあまり聞いていなかったようで、ミカイジ様が何かを知らないようだった。

「あの……山岡さんはミカイジ様が何かを知っているんですか？」

「当然や。ミカイジ様は四十八年に一度生まれる。その年の、六月の満月の日より前に生まれた、一番若い子供がミカイジ様なんや」

おじさんの話を聞きながら、遠い昔の記憶を辿る。

この集落には、地蔵が沢山《たくさん》あったはずだ。

それは、海からやって来た悪いものを、海に帰す為《ため》に置かれているもので、悪いものというのがミカイジ様だったはずだ。

地蔵にも名前が彫《ほ》られていたナオヒロが、そのミカイジ様だったという記憶がある。

「一つ、質問していいですか？　どうしてミカイジ様なんてものが生まれるんですか？　この集落だけに、そんな化け物みたいなものが生まれるんでしょうか」

私がそう尋ねると、おじさんは「何を言っとるんだお前は」と言わんばかりの視線を向ける。

「お前……本当に何も知らんのやな。ミカイジ様は化け物なんかやない。あれはもっと……寂《さび》しくて、悲しくて、とても苦しいものなんや」

そう言われても、その正体が何かわからない私には理解が出来ない。

今までの話でわかることは、あと三年後に次のミカイジ様が生まれるということで、六月の満月の日に近い、それより前に生まれた子供がミカイジ様だということだ。

「……あれ？　ちょっと待ってください。あと三年ということは、もしかしてミカイジ様は……私が生まれた年に生まれていたってことですか？」

「そういうことやな。確か、その時のミカイジ様は浜村さんとこの『ナオヒロ』と言うたか」

ボソッとおじさんがそう呟《つぶや》いた時だった。

話している間中、ずっと溺れていたはずの子供が急にもがくのをやめて、腰から上を海面に出し、無表情の顔をこちらに向けたのだ。

その瞬間、背中をゆっくりと撫でられるような不気味さを感じて私は震えた。

演技……なんて、幽霊に使う言葉ではないかもしれないが、溺れているのを見せて人を引き寄せるという意味がわかったから。

平然と海面から上半身を出せるのに、溺れたように見せて近付く人を待っているのだ。

「引《ひ》っ越《こ》して来た時は『海坊主《うみぼうず》に気を付けろ』なんて言われたもんや。アレはミカイジ様であって、子供に言い聞かせる時は海坊主と言われる。お前さんも聞いたことあるやろ」

そう言えば、保育所に行っている時におばあちゃんに言われたことがある。

海坊主が出るから一人では海に行くなと。

小さい頃は、海にお坊さんがいるのかと想像したものだが、改めて言葉の意味を知ると、アレが海坊主なのだと理解出来た。

それにしてもずっとアレは口を動かしている。

何かを言っているかのように、同じ口の動きを延々とだ。

「何を言ってるんだろう。山岡さん、結局ミカイジ様とは何なんですか？　私が忘れている記憶は何なんですか。少しでもいいから教えてくれませんか」

私がそう言うと、おじさんはアレと私を交互《こうご》に見て。

「お前が死ねお前が死ねって言うとるな。心配せんでもすぐに逝《い》くわい」

声は聞こえていないはずだけど、唇《くちびる》の形を読んだのか、それともおじさんには聞こえているのだろうか。

そんなことを言われているなんて気味が悪いと思いながら、ため息をついたおじさんを見る。

「ミカイジ様か……お前さんに関係がない話ではないから、教えてやるか」

おじさんは口を開いた。

7章

お盆《ぼん》になったら泳いではいけない

一つ、思い出した。

お盆《ぼん》になったら泳いではいけない。

死者が現世に帰って来て、生者を海に引きずり込《こ》んでしまうから。

なんて、おじいちゃんから教えられて育ったけれど、本当は八月に入った辺りからクラゲが多くなり、身体中《からだじゅう》刺《さ》されてしまうから、海に入るなということなのだろう。

だけどあの日私は、この話の本当の意味を知ることになった。

あれは私が23の歳《とし》のこと。

お盆休みに当時の彼女《かのじょ》と海へ行き、遊んだ日からおかしなことが起こったのだった。

「ねえ、これってなんだと思う？　赤くなってるんだけど」

ヨリコが私に腕《うで》を見せると、十円玉大の赤みがそこにはあった。

クラゲに刺されたものとは明らかに違《ちが》うというのはわかったが、特に気にもしていなくて。

「なんだろう。痛みとか痒《かゆ》みとかはないの？　気になるなら病院に行こうか？」

「別にそこまでじゃないかな。酷《ひど》くなるようなら考えるよ、ありがと」

そう言って笑顔を見せたヨリコに、私も笑顔で返した。

この時はまだ、本当にただの発疹《はっしん》か何かだと思っていたのだけど、私達の日常が少しずつ崩《くず》れて行っていることに気付いた時には、もう遅《おそ》かったのかもしれない。

その日の夜、彼女のアパートに泊《と》まっていた私は、妙《みょう》な寝苦《ねぐる》しさに目を覚ました。

夏だから仕方ないのだけど、枕元《まくらもと》にあるリモコンを取り、エアコンの電源を入れて寝ようとした。

でも、隣《となり》で寝ているはずのヨリコの気配がなく、見てみると先程までそこにいたことがわかる温もりを感じる。

「ヨリコ？　トイレかな」

そう思いはしたものの、物音がしない。

真夜中にどこかに行くとはとても思えなくて、体勢を変えて部屋の中を見てみると。


ヨリコが立っていた。


こちらに背を向けて、項垂《うなだ》れた格好《かっこう》で腕だけがビクンビクンと動く。

少し気味の悪いものを感じたが、眠気《ねむけ》も相《あい》まってそれほどおかしいとも感じなかった私

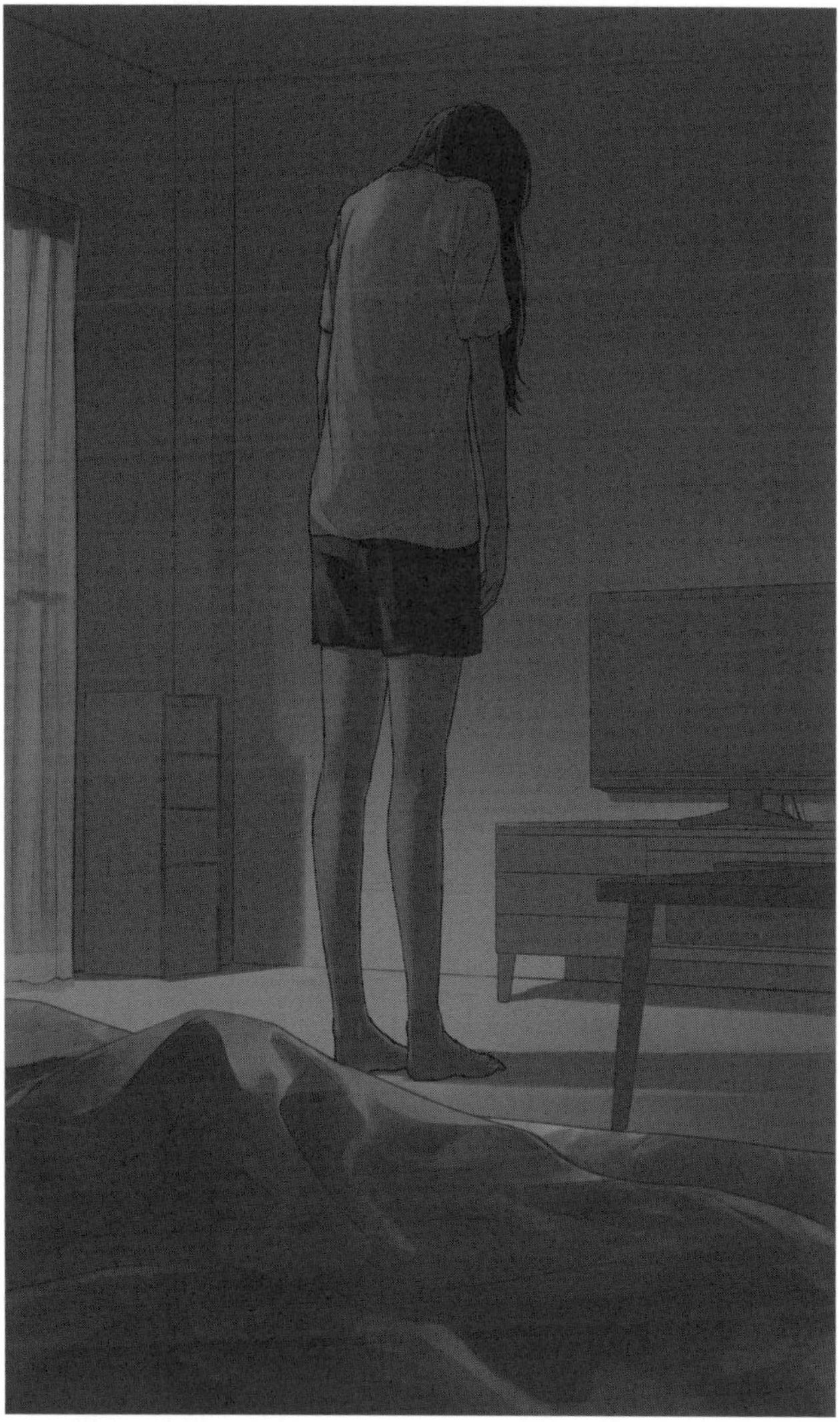

は、目を擦《こす》りながら声を掛《か》けた。

「何してるの？　こんな夜中に運動？」

私が尋《たず》ねると、ヨリコの身体がビクッと震《ふる》え、我に返ったかのように顔を上げて周囲を見回したのだ。

「え？　あれ？　私、なんで起きてるの？　やだ、夢遊病《むゆうびょう》？」

不思議そうにそう言って私の横に寝転がると、布団《ふとん》を被《かぶ》って再び眠りについた。

今までこんなことはなく、少しおかしいと感じはしたものの、もしかしたらそんな日もあるのかもしれないと、私は気にせずに寝ることにした。

もしも、本当におかしくても、私に出来ることなど何もないのだから。

翌日、ヨリコの腕にあった赤みは見えなくなっていて、私はひと安心した。

あれが何かはわからなかったし、昨夜の不可解な行動も気になったけれど、心配事がひとつなくなっただけでも良かった。

この日はおじいちゃんの墓参《はかまい》りに一緒《いっしょ》に行く予定だったが、ヨリコが直前になって拒否《きょひ》。仕方《しかた》なく一人で行って、アパートに戻《もど》ると……いつもとは少し違う雰囲気《ふんいき》を感じた。

というのも、今年はやけに暑いにもかかわらず、エアコンがかかっていなくてむせ返るような熱気が部屋にこもっていたからだ。

「ただいま。エアコン付けてない……の……」

リビングに荷物を置いて、寝室《しんしつ》の戸を開けると……そこには昨夜と同じ格好のヨリコ。

私に背を向けて項垂れ、ビクンビクンと身体を震わせる。

流石《さすが》にその光景は異様としか言えなかった。

なぜヨリコはこんなことをしているのか。

昨夜、冗談《じょうだん》ぽく言っていたけど、本当に夢遊病なのだろうかと一瞬考えたが、足元に広がる汗《あせ》の量を見て、私は慌《あわ》ててヨリコの肩《かた》を掴《つか》んだ。

「何やってるんだヨリコ」

それに驚《おどろ》き、またも我に返ったように身体を震わせた。

「え⁉　な、何でいるの⁉　お墓参りに行ったはずじゃ……」

「何言ってるんだよ。もう行ってきたよ？」

そう言っても、ヨリコは信じられない様子で首を傾《かし》げた。

「え、嘘……さっき出て行ったばかりじゃ。というかなんで私、こんなに汗かいてるの」

おかしい。私が出て行って三時間は経過しているはずだ。

それをさっきと言うのは、いくらなんでも無理がある。

かと言って嘘を言っているようにも見えないし、可能性としては、昨晩のように昼寝《ひるね》中に夢遊病で起き上がったと考えれば有り得なくもないかもしれない。

その後は普通に生活していたから、特に気にすることもなく夜になった。

私は少し怖かった。

ヨリコと同じベッドで並んで寝て。

目を閉じたけど何だか落ち着かなくて口を開いた。

「そう言えば、あの赤いのは何だったたん……」

横を向いてヨリコを見たが、そこにヨリコはいなかった。

つい、数秒前までそこにいたのに。

動いた気配なんてしなかったのに。

何がどうなって、隣にいるはずのヨリコがいなくなったのかがわからない。

「な、何が……」

徐々《じょじょ》に、胸の奥《おく》から湧《わ》き上がってくる恐怖を抑《おさ》える為《ため》に声を出しながら、起き上がろうと顔を天井に向けた時だった。

ヨリコがいた。

ベッドの横に立って、私の顔を覗《のぞ》き込んでいたのだ。

髪《かみ》が私に向かって垂れ下がり、その中にギョロリと見開いた目がこちらを見ている。

ドクンと、激しく心臓が動いたのがわかった。

真っ黒な顔、白い目、そして、首の辺りまで皮膚《ひふ》が赤くなっている。

そして何かをブツブツと呟《つぶや》いている。

「お前も来い……早くこっちに来い……お前も来い……早く……」

ずっと同じことを私に向かって。

わけのわからない恐怖をとうとう抑えられなくなった私は、覗き込んでいるヨリコを突《つ》き飛ばすように下から押《お》した。

と同時に、ヨリコは驚いたように我に返る。

「な、なになに!?　え、何なの!?　私また立ってる……どうなってるの!?」

私もその問いに対する答えは持っていない。

呆然《ぼうぜん》としたが、慌てて身体を起こしてヨリコを座らせ、今あったことを説明した。

そして、気になったのは首まで赤くなっていた皮膚だ。

ヨリコのパジャマを脱《ぬ》がせると、あの十円玉大だった赤みが、腕から胸にかけて広がっていた。

消えたわけではなかった。

色は薄《うす》くなったが、範囲《はんい》が拡大していたのだ。

服を着ていたからわからなかった。

「ヨリコ、明日病院に行こう。赤みが腕から胸に広がってる」

「ね、ねえ。私が行かなきゃならないのはどこなの？　皮膚科？　それとも精神科？　なんだか怖いよ。気付いたら立ってて、その時の記憶がないの。私、いきなりどうなったの？」

私は、ヨリコの問いに対して何も答えることが出来なかった。

何科に行けば良いかなんてわからないが、とにかく安心したかったから病院に行くことにして、この日は不安と共に眠《ねむ》った。

翌日、ヨリコを連れて近くの総合病院に行ったが、結果は異常なし。

どこをどう見たら異常がないのだと怒《おこ》りそうになったが、どうやら医師には全身に広がりつつある赤みが見えないようで、気になるようなら塗《ぬ》り薬を出してもらった。

精神科に行っても異常はなく、何かがあった方がどれほど救われたかと肩を落とした。

いや、私よりもヨリコの方がどれほどの不安だったか計り知れない。

アパートに戻った頃にはもう夕方で、眠りにつくまでいつも通り過ごした。

そしてベッドに横になって眠ろうとしたが、やはりヨリコが気になって眠れない。

「どう？　眠れそう？　どこかおかしいと思うところある？」

「うん、大丈夫。でもどうして急にこんなことになったんだろ。私、何かしたかな？」

不安そうに呟くヨリコに何を言えるだろうか。

お盆になったら海で泳いではいけないというルールを破ったからこうなったのか？

いや、それならば私達と同じように泳いでいた人全員に異変が起こるはずだろう。

目を閉じて、どうするか考えている間に私は眠ってしまっていた。

慌てて目を覚ますと、横にいるはずのヨリコがいない。

前日の恐怖が蘇《よみがえ》り、まさかまた覗き込まれているのではないかと、天井の方にゆっくりと目を向けたが……そこにヨリコの姿はなかった。

ホッとして、トイレに行ったのだろうかと廊下《ろうか》の方を見たが、明かりがない。

それどころか、外から風が入って来ている感覚が肌《はだ》を撫《な》でていた。

「エアコンの風じゃ……ない。どこか開いているのか?」

妙《みょう》な胸騒《むなさわ》ぎがして起き上がった私は廊下に出た。

すると、廊下の先。

いつもこの時間には閉まっている、玄関《げんかん》のドアが全開になっていたのだった。

ヨリコの履《は》き物もなく、外に出て行ったことは明白。

時計を見ると二時を回っていて、こんな時間にドアを開けっぱなしにしてヨリコが外出するなんてありえないと、私も家を飛び出した。

こんな時間に一体どこに行ったのかと、アパートの階段を駆《か》け下りると……ヨリコらしき人物が近くの交差点を曲がったのが見えた。

慌ててそこに向かうと、今度は海の方に向かって曲がる。

おかしい。

私は走って追い掛《か》けているのに、ヨリコに追い付けない。

まるで悪夢の中で、必死にもがくように走っているようだった。

どれだけ走っても追い付けない。

追い掛けて追い掛けて、海へと続く最後の曲がり角を曲がると……ヨリコはすでに砂浜《すなはま》を歩いていた。

どうしてこんなことが起こっているのか。

私は一体何を追い掛けているのかと、不安と恐怖で押《お》し潰《つぶ》されそうになりながら走り、ヨリコが膝《ひざ》まで海に浸《つ》かった時、追い付いて背後《はいご》から腕《うで》を回した。

「何してるんだヨリコ！　なんでこんなことをしてるんだよ！　やめるんだ！」

私の説得など聞きもせずに、恐ろしい力で海の中へと進んで行く。

返事もなく、ブツブツと何か呟きながら。

腰《こし》まで水に浸かり、さらに深みへと進んで行くのを止めることが出来ずなかった。

そして恐ろしいのは、ヨリコを止めようとしている私に、海の中から迫《せま》って来た黒い影《かげ》。まとわりつくように、邪魔《じゃま》をするようにヌルリとしたものが脚《あし》や腰に巻き付き始めたのだ。

「なんだ……なんだこれ！　ヨリコ！　目を覚ませヨリコ！」

不快感と、得体の知れない恐怖がそのまま形になったような……だけど私はこれを知っている。

ナオヒロがイカダに乗っていた時に、海の中から上がって来たやつらだ。

海で死んだ人の怨念《おんねん》の塊《かたまり》。

それが私とヨリコを呑《の》み込もうとしているのだ。

このままでは私もヨリコも海に引きずり込まれてしまう。

手を離《はな》せば、もしかしたら私だけでも助かるかもしれないのではないかとは考えなかった。

絶対に助けるんだとしか考えていなかったが……私の目の前で、その考えは絶望に変わる。

ゆっくりと後ろを向き始めたヨリコの顔。

その目は真っ赤で、身体中の赤みがそこに凝縮《ぎょうしゅく》されたよう。

メリメリと嫌《いや》な音と振動《しんどう》が腕を伝い、真後ろにいる私を見た顔は……不気味な黒い物体が付着していて、ニタリと笑ってみせたのだ。
「お、おい！　お前ら何を……」
砂浜の方から誰かの声が聞こえたけれど、それが誰の声かはわからない。
黒い影にまとわりつかれながらもヨリコを助けようとして。
いつの間にか私は水の中に頭の先まで浸かっていた。
息も出来ない、もがいても水面から顔を出すことが出来ない。
そんな中で、ヨリコが呟いた言葉だけがやけに鮮明《せんめい》に私の耳に届いた。

「やっとこっちに来たぁ」

口から空気が漏《も》れ、溺《おぼ》れる感覚に包まれて。
次々と私を沈《しず》めようと、不気味な物が身体中に取り付いてくる。
そして、ひときわ大きな塊が背中にしがみついた。

「お前もこっちに来るんだよ」

ナオヒロが、嬉しそうに耳元で囁《ささや》いているのがわかった。

気付いた時には、私は自分の部屋にいた。
何がどうなっているのかわからない。
本当に悪い夢でも見たかのような、あまりにも気持ち悪い感覚に私は困惑《こんわく》していた。
一体何があったのか、私はヨリコを追って溺れたのではなかったのか。
そう考えた瞬間《しゅんかん》、ヨリコのことが気になって起き上がった私は、アパートへと走った。
アパートに到着《とうちゃく》すると、何がどうなっているのか、そこはもう空き部屋で。
私とヨリコが暮らしていた痕跡《こんせき》が一切無くなっていたのだった。

「わからない。ヨリコはどこに行ったんだ。空き部屋なんて、そんな……」

もしかして、私はヨリコという彼女の幻《まぼろし》でも見ていたのか。

一緒《いっしょ》に生活していたという妄想《もうそう》を、現実のように感じていただけだったのか。

どこからどこまでが夢で、何が現実なのかがこの時の私にはわからなかった。

まさか、全てが私の妄想の中での出来事だったのか。

当時、携帯《けいたい》電話を持っていなかったヨリコと連絡《れんらく》を取る手段もなく、失意に打ちひしがれて、私はその場に膝を突いて項垂れた。

あまりにも悲しいではないか。

あまりにも寂《さび》しいではないか。

まるで何もなかったかのような空の部屋の前で、ヨリコはいないのだと実感させられた。

これが私が思い出した記憶の一つだ。

8章

海に血を与《あた》えてはいけないのだ

私は思い出した。

全てはあれから始まったのだと。

もちろん、この地に伝わる海のルールはもっと昔からあっただろうし、これは飽《あ》くまでも私に起こった事象の起こりという意味だが。


あれは小学二年生の頃《ころ》の話。

一つ年上の従兄《いとこ》が、夏休みになってうちに遊びに来ていた。

母の兄が家族四人で遊びに来るのが、毎年の恒例《こうれい》行事みたいになっていたのだが、この年は私にとっても忘れられないことが起こったのだ。

当時、従兄妹二人と私の三人で、海には入らないという約束で、砂浜《すなはま》で遊ぶことにした。

地元の私は、消波ブロックの上をビーチサンダルでも自在に動けたが、都会育ちの従兄妹達は、サンダルを脱《ぬ》いで恐《おそ》る恐るといった様子で移動していた。

「ヒロタカくん、ミキちゃん、次は貝を掘《ほ》ろうよ。波打ち際を掘るとね、いっぱい貝が出て来るんだよ」

海の中から砂浜まで繋がる消波ブロックから飛び降り、二人を呼んだ私は、ゆっくりと波打ち際まで歩いた。

「待って！　今行くから！　ミキ、飛び降りれるか？」

「怖《こわ》いから無理だよ。私、あっちの低い方から降りる」

一つ年下のミキは怖がって、慎重《しんちょう》に移動していたが、この中で最年長のヒロタカは強がって、そこから飛び降りたのだった。

この時に既《すで》に異変は起こっていた。

裸足《はだし》のまま飛び降りたヒロタカの足。

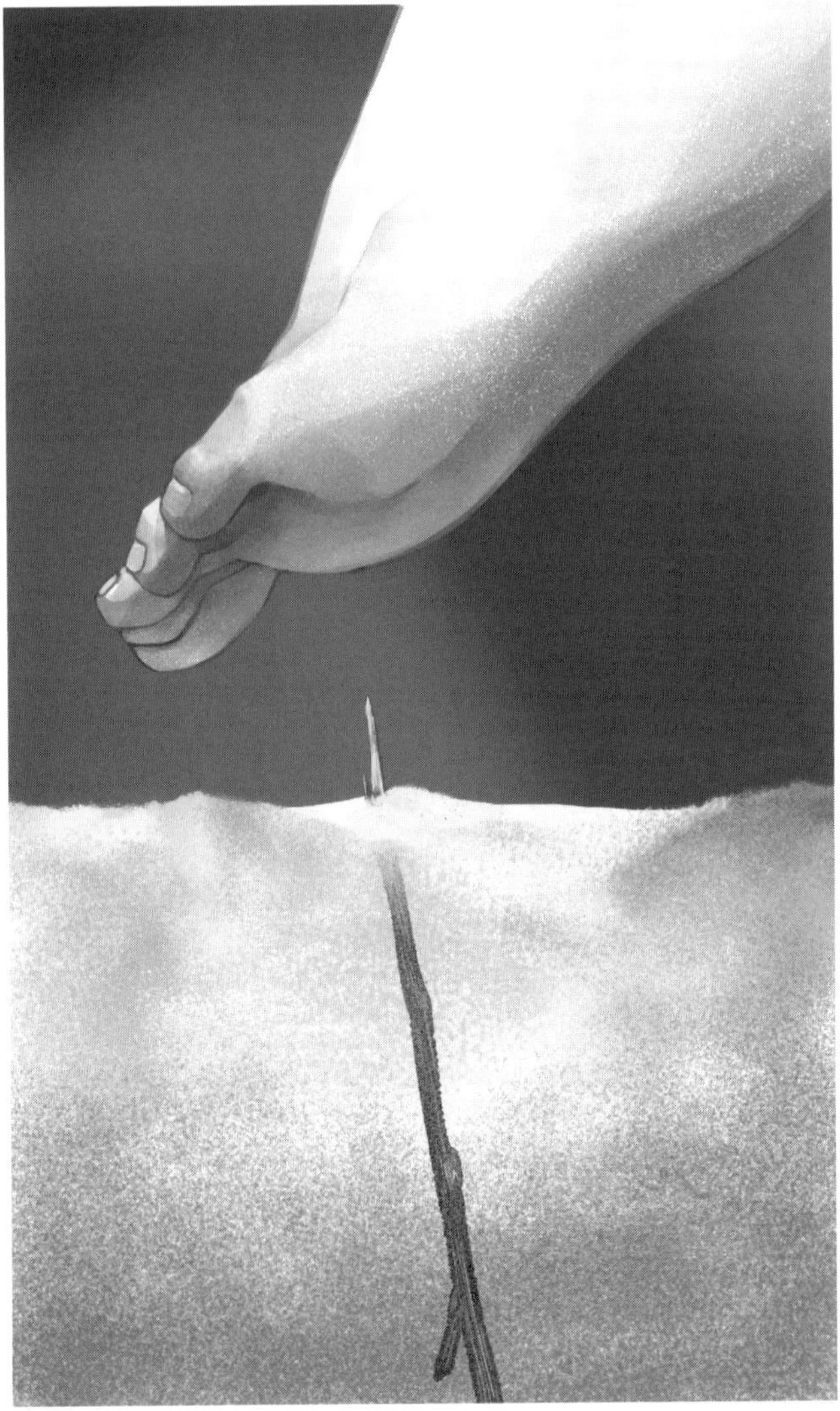

親指と人差し指の間に、木のような物が付いている？

不思議に思った私は、それを指差してヒロタカに尋《たず》ねようとしたのだが……。

私の方に向かってその足を踏《ふ》み込《こ》んだ時、ヒロタカは喉《のど》が張り裂《さ》けんばかりの悲鳴《ひめい》を上げてその場に転がり、泣き叫《さけ》んだのである。

私には何が起こったかわからない。

観光客も何事かとこちらを見て、大人達が寄って来る。

「ど、どうしたのヒロタカく……」

それを見て、私は血の気が引く思いだった。

足に……親指と人差し指の間に、木の棒が突《つ》き刺《さ》さっていたのだから。

身体《からだ》から外に出ている部分は10㎝くらいだろうか。

中にどれだけ突き刺さっているのかはわからないが、場は騒然《そうぜん》となり、慌《あわ》てた大人がその木の棒を抜《ぬ》いたものだから大量に血が流れ出して。

「お、おい、大丈夫《だいじょうぶ》か!?　この子の家はどこだ!?　俺《おれ》が連れて行ってやるから早く!」

「え、え、あ、あの……ヒロタカくんは僕《ぼく》の従兄で。ぼ、僕の家はあっちで」

海水パンツ姿のお兄さんが、ヒロタカを抱《かか》え上げて、私の家まで送り届けてくれた。

今になって思えば、救急車を呼んでくれれば早かったのだが、その時は何もわからずに、ミキと手を繫いで泣き叫ぶヒロタカを見ていた。

9章

その穴から始まった

玄関《げんかん》先で見た光景は今でも忘れない。

足の指と指の間に穴があって、真っ赤な肉と血、そして骨が見えていたのを。

ミキは怖《こわ》いのか、私にしがみついて泣いていた。

おじさんが自転車の後ろにヒロタカを乗せて病院に走ったが、私とミキは母親にスイカを持たされて砂浜《すなはま》に戻《もど》った。

助けてくれたお兄さんに、お礼だと言って渡《わた》して。

「お兄ちゃん、大丈夫《だいじょうぶ》かな。死なないかな」

「大丈夫だって。病院に行ったんだもん。きっとすぐに治るよ」

そんな話をしながら、ヒロタカが怪我《けが》をした場所に行くと、血が波にさらわれて海へと伸《の》びているように見えた。

「ブロックから飛び降りた時に、足に木の棒が刺《さ》さったんだろうね。そして走ってる時に棒が砂に刺さって、そのまま踏《ふ》み込《こ》んで……」

想像するだけで足が痛くなって、ゾワッとした感覚が身体《からだ》を撫《な》でる。

「え？」

身体を撫でる……という感覚が、なぜかやたらと鮮明《せんめい》に感じたから足を見ると、何かが足を掴《つか》んでいるように見えた。

黒く、ビュクビュクと脈打つような気持ちの悪い、ウミウシのような物が。

「あ、あわわっ！」

反射的に足を上げると、その黒い物は私の足から離《はな》れて、海へと消えて行ったのだった。

砂に染《し》み込んでいたヒロタカの血は、なぜか綺麗《きれい》に無くなっていた。

気味の悪さを感じて家に帰ろうとした時、おじいちゃんがビニール袋《ぶくろ》を持って砂浜にやって来た。

「ヒロタカが怪我をしたのはどこや？　血が消える前に回収せなあかん」

何を言っているのかはわからなかったけれど、私はその場所を指差して見せたのだが、既《すで》に血は無くなっていた。

「ここなんだけど、さっき黒い気持ち悪い物がいて。海に入ってったよ」

私がそう言うとおじいちゃんは眉間《みけん》に皺《しわ》を寄せて。

「遅《おそ》かったか。何もなけりゃええんやけどな」

そう言って、家まで点々と続く、砂に染み込んだ血をビニール袋に入れながら、おじいちゃんと一緒《いっしょ》に家に戻った。

「ええか、お前ら。血が出たら、海に入ったらあかん。海の悪いものが血を吸ってしまうからな」

「う、うん。ミキちゃんもわかった？」

私がそう言うと、ミキは怖がっている様子で何度も頷《うなず》いた。

海の悪いものというのは、さっきの黒い気持ち悪い物だろうかと考えながら家に帰ったのを覚えている。

そしてその日の夕方、足に包帯が巻かれたヒロタカが病院から帰って来ると同時くらいに、海で海水浴客が溺《おぼ》れて死んだという話が区内放送で流れて、おじいちゃんが家を飛び出して行った。

ヒロタカはその日からおじさんにおんぶしてもらって移動しなければならなくなっていたが、私とミキはあまり気を遣《つか》わずに遊んだ。

翌日おじいちゃんに聞いたのは、溺れて死んだ海水浴客は、ヒロタカを助けてくれたお兄さんだったということ。

そして、詳《くわ》しくは教えてもらえなかったけれど、人の姿を保っていなかったということだった。

おじいちゃんとおばあちゃん、そしてお父さんとおじさんおばさんが居間で話をしているのを、私とミキは廊下《ろうか》でこっそりと聞いていた。

「ヒロタカの血が付いたのを、きっと海で洗い落とそうとしたんやろな。それで……連れて行かれたんや」

「でも親父、血くらい出ることもあるやろ。それに、血が出たら海に入るなっていうのは、この辺りの人だけのルールと違《ちが》うんか？　なんで観光客がアレに連れて行かれたんや」

何やらよくわからない話をしているとは思ったが、少し気持ち悪くて、聞いておかなければならないのではないかという思いがあった。

「他所《よそ》の人間には関係ない。けどな、ヒロタカの血があの観光客には付いてたんや。ヒロタカはうちの血やから、間違えて連れて行かれたってことやと思う。アレはきっと、ヒロタカを覚えてしもたんや」

「じゃあどうする。ヒロタカを親父の部屋に入れるか？　アレから隠《かく》さんとあかんやろ」

その大人達の会話が、私にとってはとても恐ろしいものに聞こえた。

その話の後、ヒロタカはおじいちゃんの部屋に移動させられた。

一人では寂《さび》しいだろうということで、私とミキも一緒にいることになったのだが、私はこのおじいちゃんの部屋が好きではなかった。

入り口はガラス戸、窓がない部屋が襖《ふすま》で仕切られて二部屋になっている、真っ暗な部屋だからだ。

昼であっても照明を点けなければ、暗くて何も見えないほどだった。

「ええか。お前らはここにいるんや。便所とかご飯が食べたい時は、磨《す》りガラスの向こうに誰《だれ》もいないことを確認してから出るんやで。もしも、誰かが廊下にいたら絶対に出るな。戸を開けたら絶対に閉めろ。ええな?」

いつもの優しいおじいちゃんとは違う、低くて重い声に怯えて、私は頷いたと思う。

一体何が起こるのかと三人で怖がっていたが、テレビを観ているうちに、その恐怖は無くなって行った。

「トイレに行ってくる」

「戸はしっかり閉めろよ」

「ついでにお菓子《かし》持って来てよ」

なんて言葉が出てくるくらいには余裕《よゆう》があった。

ミキが出る時に、ガラス戸を見ていたけど、廊下も真っ暗で誰がいるとかはわからない。戸を開けたミキが廊下に出て、そして戸を閉めるのを確認して、言いつけ通りやっているると安心した。

それから三時間が経過して晩御飯《ばんごはん》の時間。

トイレに行くと言って出て行ったミキが戻って来ず、私とヒロタカは不安を感じ始めた。

「ミキちゃん、遅《おそ》いね。何かあったのかな」

「あいつ、もしかして逃《に》げたんじゃないかな。おじいちゃんの部屋が怖いって言ってたからさ」

襖を開けてガラス戸を見てみると、相変わらず暗いままで特に変化はない。

「ぼ、僕《ぼく》、ミキちゃんを捜してこようかな。お腹も空いたし」

「え、お、俺《おれ》一人になるの!? それは怖いんだけど……」

「ここにいたら大丈夫だよ。すぐに戻って来るから待っててよ」

足を怪我して動けないヒロタカが、この部屋に置き去りにされるというのはどれほど心細かっただろう。

私には、この部屋の妙《みょう》な居心地の悪さに、早く出たいという思いは確かにあった。

襖を開け、ガラス戸の奥《おく》は相変わらず暗かったから、特に何も考えずにそれを開けて廊下に出た。

夏だけど、日が当たらないおじいちゃんの部屋の前の廊下はひんやりしている。

しっかりと戸を閉めて、私はトイレに向かった。

やはり三時間も経っていたら、ミキの姿はない。

どこにいるかなと居間に向かい、中に入ると、そこにいた大人達が驚《おどろ》いた様子で一斉《いっせい》に私を見たのだった。

「お、お前……なんで出て来とるんや。ヒロタカはどうした」

その時のおじいちゃんの顔は恐ろしいものだった。

いや、おじいちゃんだけじゃない。

父におじさんおばさん、全員がまるで私を睨《にら》み付けるように、今までに見たこともないような表情を私に向けていたのだ。

「な、なんでって。ミキちゃんが戻って来ないから。それにお腹も空いたし」

そう言って、おばさんの膝《ひざ》の上で丸まっているミキを見付けて、少し安心した。

だが、ミキは何やら泣いていたようで、私を見る目が赤く充血《じゅうけつ》している。

「ミキね、お部屋に戻ろうとしたの。でもね、お部屋の前に黒い人が立ってて、『開けて、開けて』ってずっと言ってお部屋に入ろうとしてたの。怖くて泣いてたら、おじいちゃんが迎《むか》えに来てくれたの」

その言葉に続いて、おじいちゃんが私に尋ねる。

「お前、部屋の前に人影《ひとかげ》は見えんかったか？　誰かいたら出るなって言うたよな？」

「い、いなかったよ！　だって暗かったから人影なんて見えなかったもん！」

私まで泣き出しそうなのを察したのか、おじさんが立ち上がっておじいちゃんの部屋に向かった。

その後に皆《みな》が続き、あの部屋の前に行くと……ガラス戸が割れて廊下に散らばっていた。

ヒロタカはいなくなっていた。

私が戸を開けて、入れてはいけないものを招き入れてしまったのだろうか。

おじさんとおばさんは取り乱し、私を何度もぶった。

戸を開けた私のせいで、ヒロタカは連れて行かれたのだと。

私は泣いた。

ぶたれた痛みもあったが、従兄《いとこ》が何かに連れて行かれてしまったという恐怖に、泣き続けた。

おじいちゃんがおじさんとおばさんを止めてくれて、何とかぶたれることはなくなったけど、それでも涙《なみだ》は止まらなかった。

なぜ、ヒロタカと私達を一緒に部屋に入れたのか。

それが最大の間違《まちが》いではなかったのかとおじいちゃんは責められていたけど、何も反論せずに警察に連絡《れんらく》をしていた。

そして、近所の人達に応援《おうえん》を頼《たの》み、ヒロタカを捜索《そうさく》する為《ため》に外に出て行った。

区内放送でヒロタカの話が出て、私は悲しくなってまた泣いた。

その時、「ミカイジ様」という言葉が出て来たような気がしたけど、この時の私はそれが何なのかわかっていなかっただろう。

翌日、ヒロタカは見付かった。

海の中に沈《しず》んでいて、その姿は原形を留《とど》めていなかった。

足の傷口から、黒くて気味の悪い物が侵入《しんにゅう》したのか、黒く変色した腕《うで》や脚《あし》が千切られ、それを黒い物が繋《つな》ぐように存在している。

それがヒロタカだとわかったのは、恐怖《きょうふ》に引きつった顔は何も変わっていなかったから。

私はあまりに恐ろしく、悲しい記憶《きおく》をなかったことにしていたのだろう。

今まで思い出さなかった理由は、あの時戸を開けた罪悪感があったからだ。

だが、おじいちゃんは私のせいではないと言ってくれた。

昔、おじいちゃんの兄弟が似たようなことになり、一人だけで部屋にいるように言い付けたところ、我慢《がまん》出来なくなって勝手に戸を開けて、今回のように死亡《しぼう》したと教えてもらった。

結局、何をしても逃《のが》れられないのだろうか。

外から来た海水浴客が血を流したところで特に問題はないが、この辺りに住む人間が海で血を流せば祟《たた》られる。

悪い何かを引き寄せてしまうのだと。

ヒロタカの血で悪い何かが目覚めてしまい、それ以来私の身におかしなことが起こるようになったのだろうか。

思い出したことは、私の中にある一番古い、恐ろしい出来事の記憶。

これが全ての始まりで、この日以降、私の身に奇妙《きみょう》な出来事が起こるようになった。

私は……海の呪縛《じゅばく》からは逃れられなかったのだ。

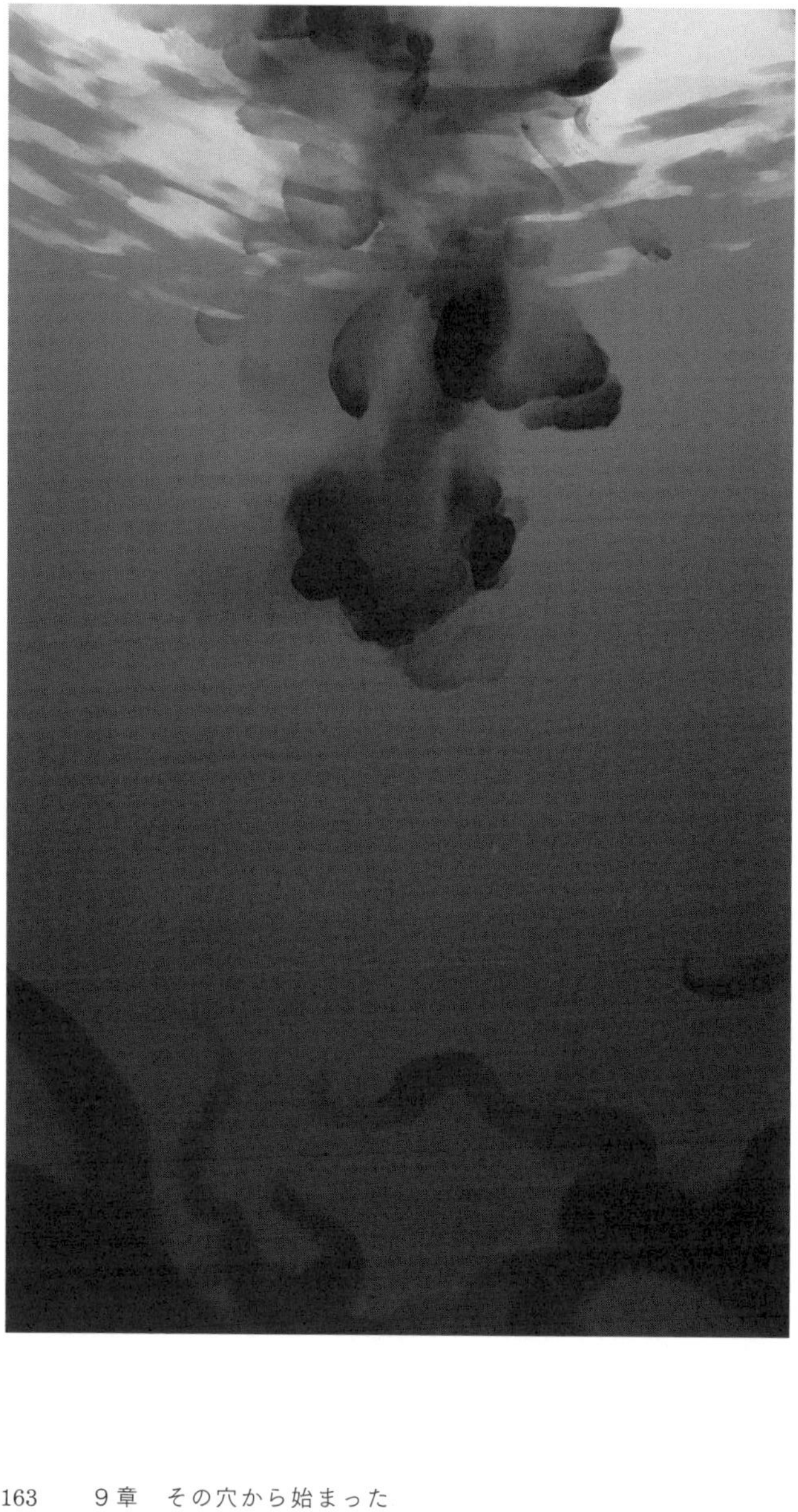

10章

穴と結界

あれはいつの日だったただろう。

私が昔住んでいた家が、道路拡張の為《ため》に取り壊《こわ》されることになった。

既《すで》にあの集落《しゅうらく》から引《ひ》っ越《こ》していた私の家族は、解体費用と土地代を出してもらえるということで文句はなかったのだが、集落の人間が大反対したようだった。

それでも時代の流れには逆らえず、高齢者《こうれいしゃ》が多くなった集落で、何かがあっても救急車が路地に入れないという理由から取り壊されたのだ。

そんな集落の近くにある海に、私は仕事が休みの日に散歩がてら来ていた。

岩山に大きな穴が空いているこの町の観光名所。

その穴の向こうに見える水平線を、ぼんやりと眺《なが》めるのが小さな頃《ころ》から好きだった。

「辛気《しんき》臭《くさ》い若者がおると思ったら、なんやお前か。随分《ずいぶん》久し振《ぶ》りに感じるな。どうや、新しい家は」

遊歩道のブロックに腰掛《こしか》けて穴を見ていると、少し疲《つか》れたような中年の声が聞こえて振《ふ》り返ると、いつもの漁師のおじさんが顔を顰《しか》めて佇《たたず》んでいた。

「ああ、まあそれなりですね。良くも悪くもないってとこでしょうか」

「どこにいても海を見に来るってことは、お前さんは海が好きなんやろな。それか……」

そこまで言って、おじさんは私の隣《となり》に座った。

話の続きが気になったが、私のそんな気持ちなんて知ったことではないという様子で、おじさんは穴を指差したのだ。

「この穴、知っとるか。この町の観光名所で、ちゃんとした名前もある」

何だそんなことかと、少しバカにされたような気がして、私は鼻で笑って答えた。

「わかってますよそんなの。保育所の遠足でも来たし、小学校の写生大会でも来てるんですから」

この町の人間で、この穴を知らない人なんていない。

それくらいは近くに住んでいたらわかることだろう。

「そか。じゃあこれは知っとるか。ここは生と死の世界の境界《きょうかい》。あの世とこの世を繋《つな》ぐ場所なんや」

私がバカにしたように見えて、作り話でもするつもりだろうかと思い、どう反応すれば良いかわからなかった。

だが、相変わらず顔を顰めていて、その真意を表情から読み取るのは難しい。

「い、いえ。そんな話は初めて聞きました。すみません」

「なんや。じい様は教えてくれんかったんか？　お前の親父はボンクラやから、適当なこと教えられそうやからな。俺《おれ》が教えたるわ」

おかしい。

てっきり、「嘘や。そんな話があってたまるか」って言うと思ったのに、まるで本当の話のようではないか。

「ええか、この穴は境界や。こっち側から通っても、その先は足場がないから必ず戻《もど》って来るようになっとる。観光客が何も知らずに通っても、絶対に戻って来るんや」

私も小さい頃にこの巨大《きょだい》な穴を通ったことがあるが、確かに足場がなくて戻った覚えがある。

「じゃあ、もしも……たとえばボートを用意しておいて、一回だけ穴を潜《くぐ》ったとしたらどうなるんですか？」

私が尋《たず》ねると、おじさんは表情を崩《くず》さずに私を見た。

「そんなもん、死ぬに決まっとるやろ」

随分《ずいぶん》あっさりと言ったものだと、おじさんの顔を見ていた時だった。

バシャン！

と、穴の方から何かが水面に落ちたような音が聞こえた。

何だと驚《おどろ》いて振り返ったが、何かが落ちたような波紋《はもん》もないし、そこには何もなかった。

「今……何かが」

「お前、ここが自殺の名所って知っとるか？」

驚く私をよそに、おじさんは淡々《たんたん》と話を続ける。

「じ、自殺があったことは知ってますけど……そんな、名所って言うほど数はないでしょ。新聞にも載《の》らないですし」

「俺も歳《とし》をとってからわかるようになったけどな、この穴の上は立ち入り禁止になっとるんや。登山道があって、山は登れるけどな。自殺するやつは、柵《さく》を乗り越《こ》えてこの上まで引き寄せられるらしいで」

この穴がある山には、何度も登ったことがあるし、私自身は引き寄せられるなんて感覚を味わったことがない。

だから、わざわざ立ち入り禁止の場所に入ろうとする人の気持ちがわからなかった。

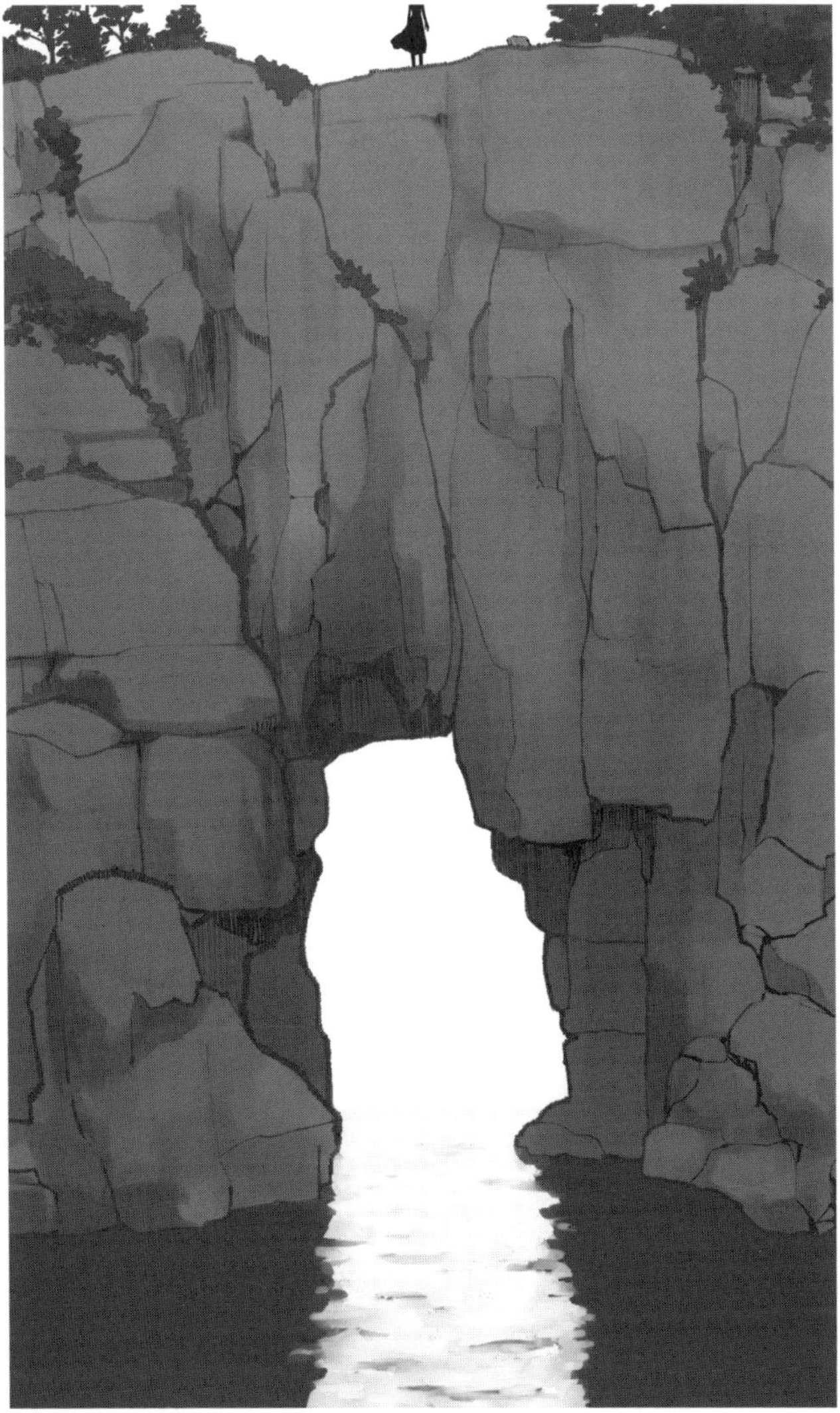

「ほら、あそこに切られた松があるやろ。木で首をくくるやつはすぐに見付かる。でもな、穴の上から飛び降りて、あの世に連れて行かれた人間の死体は見付からんこともある。飛び降りて、波にさらわれてこの穴を通ってしまうんや」

その話を聞いて、妙《みょう》な寒気に襲《おそ》われたのを覚えている。

何か空気が変わったような感覚だ。

そして、私は見た。

穴の上からこちらを見る人影《ひとかげ》がいるのを。

「あっ」と驚いた声を上げて立ち上がろうとしたけど、おじさんはそれを制するように肩《かた》を掴《つか》んで座らせる。

「あんまり反応するな」

そうこうしているうちに、その人影は飛び降りて、水面に叩《たた》き付けられるように着水。

バシャン！　と派手な音を立てたが、水面は何も変化はなかったのだ。

「お、おじさん。今のは……」

「自分が死んだことに気付いてない、『霊《れい》』ってやつや。死にたいのに死ねないと思っとるのか、何度も何度も同じことをする。気にしてやるな」

気にするなと言われても、こんなに気味の悪いことがあるだろうか。

もしかしたら他にも沢山幽霊《たくさんゆうれい》がいるのではないかと怖《こわ》くなる。

「で、でも……あ、いや。僕《ぼく》も小さい頃からおかしなものをいっぱい見ましたけれども」

ただ自殺を繰《く》り返す幽霊ならまだマシかもしれない。

私の身に起こった出来事は、私を海に連れ去ろうとするものが多かったからだ。

「自分が見えることを気付かれるなよ。あいつら、引きずり込《こ》もうとして来るからな」

おじさんがそう言い、穴からゆっくりと目を逸《そ》らすと、飛び込んだ幽霊が穴の前に立っているのがわかった。

水面に腰から上を出して、崩《くず》れた顔でこちらを見ているかのようだった。

そして私は「しまった」と思った。

見えていることを気付かれるなと言われたばかりなのに、その幽霊を見てしまったからだ。

その瞬間《しゅんかん》、顔が崩れた幽霊がスーッと水面を滑るように移動し、私の目の前までやって来たのだった。


「ねえ、見えてるんでしょ？　私を無視しないでよ」

幽霊が顔を覗《のぞ》き込んで来て、ゾワゾワと身体《からだ》中を駆《か》け巡《めぐ》る悪寒《おかん》が止まらない。

見えていることを気付かれてはいけない。

だから私は、幽霊の顔の奥《おく》にある穴の方から目を逸らさずに、あたかも「目の前に何かがいるなんて気付いていない」ことを貫《つらぬ》こうと、おじさんに問いかけた。

「も、もしかして……そこの集落のルールも、この穴が関係してたりしますかね？　何だかそんな気がしてるんですけど」

「ねえ、無視しないでよ。本当に見えてないの？　ねえ、ねえねえねえねえねえねえねえねえ

ねえねえ」

気にしないように、見えていないと思わせる演技をするのは、この恐《おそ》ろしい状況下《じょうきょうか》では難しい。

妙な汗《あせ》が身体中から吹《ふ》き出すし、幽霊が顔を覗き込んで来るから完全に無視が出来ているか不安になる。

「そうやな。まあ、それはまだお前さんが知る必要はないけど、いずれ知ることもあるやろ。特に、お前さんはミカイジ様に好かれとるみたいやし」

「ねえ、どうして無視するの？　ねえねえねえねえねえねえねえねえねえ。見えてるんでしょ？　ねえ」

会話の最中にも、私が見えていると確認しようと語り掛《か》けて来るのは精神に来るものがある。

「ミカイジ様に……好かれてるんですかね。僕は」

「小さい頃から見とるけど、お前さんほど色んなトラブルに巻き込まれとるやつを俺は知らん。それも全部海絡《がら》みや」

「無視しないでって。見えてるって言ってよ。ねぇねぇねぇねぇねぇねぇねぇねえねえねえ」

私もおじさんも、まとわりつく幽霊に気を取られながらでも不自然ではない会話が出来るのは、あの集落の人間で、ミカイジ様を知っているからだろう。

むしろ、それ以外の共通の話題などないと言える。

顔の潰《つぶ》れた幽霊が目の前をうろつき、ガリガリと神経が削《けず》り取られているかのような錯《さっ》覚《かく》。

頭がおかしくなりそうで、もうダメだと声を上げそうになった時だった。

「……やっと一緒《いっしょ》に飛び降りてくれる人が見付かったと思ったのに」

幽霊はそう言って、まるで煙《けむり》のように目の前から消えて、しばらくすると再び穴の上から身を投げるという行為《こうい》を繰《く》り返したのだった。

「……も、もうダメかと思いました。目の前にあんな気持ち悪い顔があるんですよ？　生きた心地がしませんでしたよ」

「声がでかいわ。まだ聞き耳を立てとるかもしれん。小さい声で話せ」

相変わらず海の方を眺《なが》めたまま、こちらを見もせずにおじさんは呟《つぶや》いた。

「す、すみません。それにしても、あの幽霊は自分が死んでいることに気付いてなかったんでしょうか？　もしかしたら死んでいることは知っていたんじゃ……」

「俺《おれ》は霊能者やないから詳《くわ》しいことはわからんけどな、きっとあいつらは強い想いがある場所で永遠に同じ行動を繰り返すんや。『何度も飛び降りてるのに死ねない。誰かが一緒に飛び降りてくれたら死ねるかもしれない』てな感じにな。もちろん、ただそこにいるだけの幽霊もおるけどな」

今までの経験から、何となく言いたいことはわかるつもりだ。

おじさんの妻《つま》になるはずだった民子さんも、きっとこの海に囚《とら》われているのだろう。

昔、一人でいた私のところに遊びに来た友達もきっと。

「全部の幽霊が、あっちの世界に連れて行こうと考えとるわけやない。そういうやつは、気が済むまで話を聞いてやるとええ。毎日毎日、いなくなるまでな」

「そ、そんなのもいるんですね。でも、僕ならそんな幽霊の話を聞く勇気はないですね」

幽霊だとわかっていて話を聞くというのはどういう感覚なのだろう。

今、飛び降りる幽霊にまとわりつかれてただけでも全身の悪寒が凄《すご》かったというのに。

「でもな、お前さんがいつも話しとる人が、幽霊やないという保証はないんやで？　小さい頃に友達やと思ってたやつが幽霊やったやろ？　それはどうやったんや」

ナオヒロのことを言われると……私は何も反論が出来ない。

確かにあれは、私をあっちの世界に連れて行こうとした幽霊だったし、そんなのと友達だと思い込んでいたのだから。

「あれは……何だったんでしょうか。ミカイジ様に好かれてるってのは、おじさんの目にもそう見えますか？」

「……あと十日、生まれるのが早かったら、ミカイジ様になるのはお前さんやったからな」

その言葉に、私の全身に再び悪寒が走った。

もしかしたら私がミカイジ様だったかもしれないなんて、初めて聞いたからだ。

「おっと、変に怖がらせたか？　やめじゃやめ。こんな話、今することやないわ。また今度話したる。重い話になるからな。じっくり酒でも飲みながらにしようや」

そう言い、おじさんはその場から立ち上がった。

気になることを言っておいて、途中《とちゅう》で止めるなんてもどかしいとは思ったが、ムスッと不機嫌《ふきげん》そうな表情をしているおじさんに、それ以上のことは聞けなかった。

「ま、まあ言えないなら仕方ないですけど。でも一つだけ教えてください。その話って、うちの祖父や父は知っているんですか？」

「……じい様は知っとる。でもお前のボンクラ親父は知らんやろな。あいつは適当な人間やから、知ってても忘れとるわ。じい様、墓まで秘密を持って行ったんか。やるのう」

親父は散々な言われ方だけど、まさかおじいちゃんが知っていて黙《だま》っていたなんて。

だから私に優しく、海のルールに関しては厳しかったのだろうか。

そして、この世とあの世を繋ぐという大穴。

強い想いや信仰《しんこう》は、時に想像もしない力を持ち、現実のものとなるのだろうか。

最初はきっと、穴を潜った人が足を踏《ふ》み外して岩場から転落、そのまま溺《おぼ》れて流されたという話だったのかもしれない。

それが何度か続き、この穴を潜ったらあの世に行くという話にでもなり、人々に噂されるようになったのだと思う。

良くも悪くもこの辺りは田舎で、神様や自然物に対する信仰が強い地域だから、それがおかしな方向に向いてしまったのだろうと私は考える。

畏怖《いふ》の念が人を呼び、そしてそこで最期を迎《むか》えた人の念が残る。

まだ飛び降りを繰り返している幽霊をチラリと見た私は、そう感じずにはいられなかった。

「お、おい！　お前！」

慌《あわ》てておじさんが私の肩を掴み、声を上げて私は「しまった」と呟いた。

穴の上の崖《がけ》に立っていた幽霊が急にこちらに顔を向けて。

「やっぱり見えてたんだね」

まるで耳元で囁《ささや》かれたような声に、私とおじさんは弾《はじ》かれるように走り出した。

もう、何も考えずに必死に。

その日以来、私はあの穴を見に行くことはなかった。

二度とあの幽霊を見たくなかったからだが、もしもそこに行って、幽霊が見えなかったらどうしようと思ったからだ。

そこにいないということは、見えてたことに気付いた幽霊が、私に取り憑《つ》いているに違《ちが》いなかった。

11章

ミカイジ様

雨の降る中で、私は元漁師のおじさんと二人、海を眺《なが》めて話をしていた。

私がなぜか忘れていたことを思い出しながら、おじさんの話に耳を傾《かたむ》ける。

「どこから話せば良いのか。起源は嘘か真かが全くわからんのだがな。その昔、漁をしていた男が、岩の上で休んでる人魚に出会ったんや」

「え、に、人魚ですか？　こんな田舎で？」

「言うても、絵本や漫画《まんが》に出て来るような姿やない。魚の身体《からだ》に鶏《にわとり》のトサカみたいな襟《えり》巻《ま》き。そんで人間の頭の人魚やったって話や。図書館に行って、この町の民話を調べてみい」

想像していた人魚とは相当かけ離《はな》れていて、人魚というよりは人面魚に近いのではないかと思ってしまう。

「でな、その男は人魚があまりにも気味が悪くてな。船を漕《こ》いでいた櫂《かい》で、人魚を殴《なぐ》り殺したんや。そしたら大変や。それが原因か、はたまた偶然《ぐうぜん》か、いきなり大地震《だいじしん》が起こってな。あの大穴は、その時に出来たと言われとる」

二十年以上前に、おじさんと眺めていたあの大穴。

飛び降り自殺の幽霊《ゆうれい》にまとわりつかれた場所だ。

「もしかして、その人魚がミカイジ様だったってことですか？　殺した男を恨《うら》んで……」

私がそう言うと、おじさんは呆《あき》れた様子で首を横に振《ふ》った。

「せっかちやな。話は最後まで聞かんとあかん。それでやな、どうにも不思議なことが起こったんや。あの大穴を潜《くぐ》って遊んでた子供達はいなくなって、海に魚がおらんようになったんかと思うくらい不漁が続いた。これは人魚の祟《たた》りやないかって、皆恐《みなおそ》れたんや」

ここまでに、ミカイジ様の名前は出て来ていない。

それどころか、今のところはただ人魚が不気味という話なだけな気がする。

「それでや。わしにはようわからんが、神託《しんたく》を授かったとかいう集落の長老が、生贄《いけにえ》を捧げるとか言い出したらしい。人魚の祟りを起こした男の、産まれたばかりの息子を取り上げて、あの大穴に向けて流したんや。すると赤ん坊《あかぼう》は消えて、次の日からは普通《ふつう》に魚が捕《と》れるようになったというわけや。その儀式《ぎしき》があったのが、六月の満月の日やったと言われとる」

ここに来て、ようやくミカイジ様に繋《つな》がりそうな話になり始めた。

大穴に流された赤ん坊がミカイジ様の元祖《がんそ》ということなのだろう。

「つまりこのミカイジ様というのは人魚の呪《のろ》いってことだったんですかね？」

「どうやろうな。人は弱いし、都合がいいもんや。不漁は偶然《ぐうぜん》、捕れるようになったのも偶然かもしれん。当時はミカイジ様は『海奉児様《ミホウジ》』と呼ばれとったらしいわ」

ミホウジ様？

それがいつからかミカイジ様と呼ばれるようになった……ということなのだろう。

「お前さん、ミカイジ様とはどう書くか知っとるか？」

「え、えっと。わかりません」

「海に拐《さら》われた子。『海拐児様《ミカイジ》』と書くんや。海に奉納《ほうのう》された子……なんて、子供を奪《うば》われた親からすればとんでもない話でな。海に拐われたとすることで、この儀式に抵抗《ていこう》を見せたんや。それでいつしか、『海奉児様《ミホウジ》』から『海拐児様《ミカイジ》』となって、神聖なものから邪《じゃ》悪《あく》なものになってしもたんやないかって、わしは思っとるよ」

おじさんの話は、妙《みょう》な説得力がある。

私も昔、偶然だったがこの町に古くからある祭りについて調べたことがあった。

六年に一度行われる祭りは、六年に一度外に出てはいけないと言われている年の、次の年に開催《かいさい》されるのだ。

その祭り自体が、ミカイジ様を封《ふう》じる役割があるとしたら、封印の力が弱まる前年にやって来ているのではないかと考えたことがあった。

「つまり、ミカイジ様は親を捜して子供が海からやって来てるってことですか。この集落の道は、海から来たミカイジ様を海に帰すように地蔵が配置されているから」

そういうことだと言わんばかりに、おじさんは頷《うなず》いた。

「四十八年。次のミカイジ様が選ばれるのは三年後や。前のミカイジ様はお前より早く生まれたナオヒロや。同級生であるお前は、ナオヒロにとっては友達やったんかもしれんな」

おじさんにそう言われて、私は妙な寒気を感じずにはいられなかった。

「友達……ですかね？　ナオヒロは私と友達のようでしたけど、最終的には殺そうとしていましたからね。海に引きずり込《こ》んで」

今も海で溺《おぼ》れている子供の姿が見えるけれど、記憶《きおく》の糸をたぐって思い出すと、それがナオヒロだということがわかる。

助けを求めているようだが、その顔は笑っているように見えるのが気味の悪さを醸《かも》し出している。

「まあ、確かにそうかもしれんけど、覚えとるか？　お前さんが小学生の時に、イカダに友達がおるって話してたやろ。でもわしには見えんかったやつや」

「そんなことも……ありましたね」

「わしはな、あれだけがどうしてもわからんのや。ナオヒロがお前さんを殺すつもりなら、なんで岸に上がるまで手を出さんかったんやってな。殺すなら、イカダにいる時やろ」

おじさんの言葉に、私はハッとしたと同時に、ますますわからなくなった。

ナオヒロは、私を見逃《みのが》したのかと。

「まあ、なんで助かったかなんてわしにはわからんけどな。でもな、民子を殺したのはミカイジ様や。その事実だけは変わらんし、認知症《にんちしょう》になっても忘れるつもりはない。この海は……民子と出会わせてくれて、そして奪《うば》ったんや」

この集落の人達は、ミカイジ様を受け入れている。

それによって子供が殺されても、大切な人を失っても、そうならないようにというルールを作って、ルールを破らないように生きているのだ。

「私も、大切な人を失いました。いや、あれはもしかすると私が夢を見ていただけかもしれませんね。でもヨリコはいたような気がするんです。何がどうなっているのかさっぱりわかりませんけど」

「……お前さんの彼女《かのじょ》は確かにおったよ。ちょうどアレが溺れてる辺りで、お前さんは彼女を捕《つか》まえとった」

おじさんに言われて、私はその時のことを少し思い出した。

私達を心配するような声……あれはおじさんの声だったのだろう。

「あの時の声は山岡さんだったんですか？　私がここにいるということは、また山岡さんが助けてくれたんですね」

「まあ、その話は置いといてや。お互《たが》い、この海に……ミカイジ様に大切な人を奪われたんやな。どうりで波長が合うわけや。わしと話をしようなんて変わりもんはそうおらんで」

なんだか上手くはぐらかされたような気がするけど、何か言いにくいことでもあるのだろうか。

「山岡さん。何か隠《かく》してるでしょ。波長が合うからわかるんですよ」

私がそう言うと、おじさんは顔を顰《しか》めて舌打ちをした。

「言うようになったのう。ええか？　お前さんが昔住んでた家やけどな。道路拡張の為《ため》に取り壊《こわ》されたやろ？　道が広くなりすぎたんや。だから、ミカイジ様が海に帰らずに町に出てしまうようになってしもうたんや」

その発言は、私にあることを考えさせた。

おじさんの話が本当だとすると、もしかしてこの集落の外にある、ヨリコのアパートで妙なことが起こったのは、それが原因だったのかと。

本来なら集落の中にある地蔵が悪いものを封じていて、外に出ることはないはずだが、私の生家を壊したことによって、結界の一部が欠損してしまったのではないか。

「だとしたら……ヨリコが死んだのは私のせいなのでは。いや、ちょっと待ってください。山岡さんは私がヨリコといたと言ってましたけど、本当にヨリコはいたんですか⁉　私が見ていた夢だったと思っていたのに」

この件に関しては、夢だと思う方が記憶の整合性が取れて、現実であればあるほど矛盾《むじゅん》が生じるのだ。

「なんや。お前さん、忘れすぎやで。記憶を無くすほどの目に遭《あ》ったと考えたらわからんでもないけどな」

記憶が曖昧《あいまい》で、何がどうなっているかがわからないけど、一つだけ可能性があるとしたら……。

「もしかして、ヨリコなんていなかったんじゃないですかね。いや、姿は見えていたと言うべきか。ヨリコは悪霊《あくりょう》で、私を海に引きずり込む為に彼女だと思い込ませていたのでは……」

ナオヒロを昔からの友達だと思い込んでいたように、ヨリコも同じなのではないか。

そんな私の考えを聞いて、おじさんは呆れたように首を横に振《ふ》る。

「またか。いつになったら真実に辿り着けるんやろうな」

ボソッと呟《つぶや》いたおじさんの言葉が少し気になったが、私はそれどころではなかった。

「そうですよ。山岡さんは、私の家が取り壊されて広い道になったから、ミカイジ様が海に帰って来ないと言いましたよね？　だから私のところに来たんです。私が引《ひ》っ越《こ》した先の家で目を覚まして、アパートは空き家になっていた。そんなすぐに、生活の痕跡《こんせき》なんて消せないですからね」

夢でないとするならば、ヨリコがミカイジ様だったと考える方が自然な気がする。

それならそれで矛盾もあるのだが、私はもうそうとしか考えられなくなっていた。

「そう言えば、こんな話を知っとるか？」

私が頭を悩《なや》ませている最中に、おじさんが話し始めた。

「この集落にな、幽霊《ゆうれい》が見える場所があるんや。別に人に取り憑《つ》くわけでも、悪さをするわけでもない。ただ、そこに立ってるだけの幽霊や。害は特にない。けどな、住民は恐れてそこに近付こうとせん」

いきなり何の話だと思ったけれど、確かにそんな幽霊がいたら近寄りたくないのは理解出来る。

万が一、近寄って取り憑かれでもしたら大変だから。

「近寄らないのが正解だと思います。私みたいに、友達だと信じ込ませて海に引きずり込まれるなんてことになりかねないですからね」

「……でな、その幽霊はどうも、自分の身に何が起こったのかわからんみたいなんや。昔、大穴の上から飛び降りを繰《く》り返す幽霊もそうやったけど、あんな感じや」

「幽霊って、自分が死んだことを理解出来てないのが普通《ふつう》なんですかね？」

死者の普通など私にはわからないが、おじさんの話からそうなのではないかと思えてしまう。

「きっとそうなんやろな。帰る家も場所もない。だからずっと海を眺めとる」

そう言い、ジッと海を見ているおじさんを見て、私は妙な感覚に包まれた。

ジワジワと足元から迫《せま》り来るような悪寒《おかん》が、そうだと確信させたのだ。

まさか、このおじさんがその幽霊なのではないか。

考えてみたら雨の日にしかやって来ないし、シルバーカーを押《お》して歩いているくらいなのに、真横に来るまで気付かなかった。

そしてずっと海を見ている。

ゴクリと唾《つば》を飲み込んで、次の言葉を考えたけれど、おじさんが幽霊だとして私に何か害があるのだろうか。

いつも私を助けてくれたおじさんが幽霊だとしたら、成仏出来るように私が話し相手になるというのも、今までの恩返しになるのではないか。

隣《となり》に立っていて、話通り害はないと感じる。

「山岡さん……言ってくれたら良かったのに。いつお亡くなりになったんですか？　何でも話を聞きますよ」

「アホか！　わしは生きとるわ！　まだ死んでもおらんし、たとえ死神が来ても追い返してやるわい！」

なんだ、違《ちが》うのかと、自分の勘《かん》の悪さに呆れてしまう。

だとしたらここではない場所に、幽霊がいるのだろう。

「そいつはな、小さい頃《ころ》からずっとミカイジ様につきまとわれて、身の回りにいる人が何人も海に連れて行かれた。そして最後はそいつ自身も連れて行かれたんや。わしみたいな偏屈《へんくつ》なやつと仲良くしてくれてな。民子を失ったわしにとっては、自分の子供みたいに思えたもんやで」

そんなに大切に思っている人がいたのか。

私は会ったことはなかったけど、この話が本当なら、おじさんは恋人《こいびと》と子供のように思っていた人を失ったことになる。

「……怖《こわ》いですね。海って」

「ああ。でも、大切な人と出会ったのも海や。だから嫌《きら》いにはなれんし、この先もずっとここで生きて行くんや」

おじさんは強い。

私はいつになったら、この人のように強くなれるのかと考えるが、とてもじゃないがそうはなれそうにない。

「なんか、少し気が楽になりました。私はそろそろ行きますね。雨に濡《ぬ》れてますから、風邪《かぜ》をひかないようにしてくださいね、山岡さん」

私がそう言うと、おじさんはシルバーカーから立ち上がり、私の家があった方を指差した。

「あっちに行けばこの集落から出られる。ええか？　出て行けるのに、ここに留まる必要なんてないんやで。ミカイジ様なんて風習は終わらん。お前さんが気に病む必要なんてないんやで」

少しだけ怒《おこ》ったような口調で話して、家の方に歩いて行くおじさんを見ていた。

そして、海の方を再び見ると、私はどこに行くわけでもなく、そこに立ち尽《つ》くした。
自分が何者かもわからずに。
時が止まったかのように海を見続けた。

「怖い場所」超短編シリーズがスタート！

大好評
発売中！

「怖い場所」超短編シリーズ

謎が解けると怖いある学校の話

260字の戦慄【闇】体験

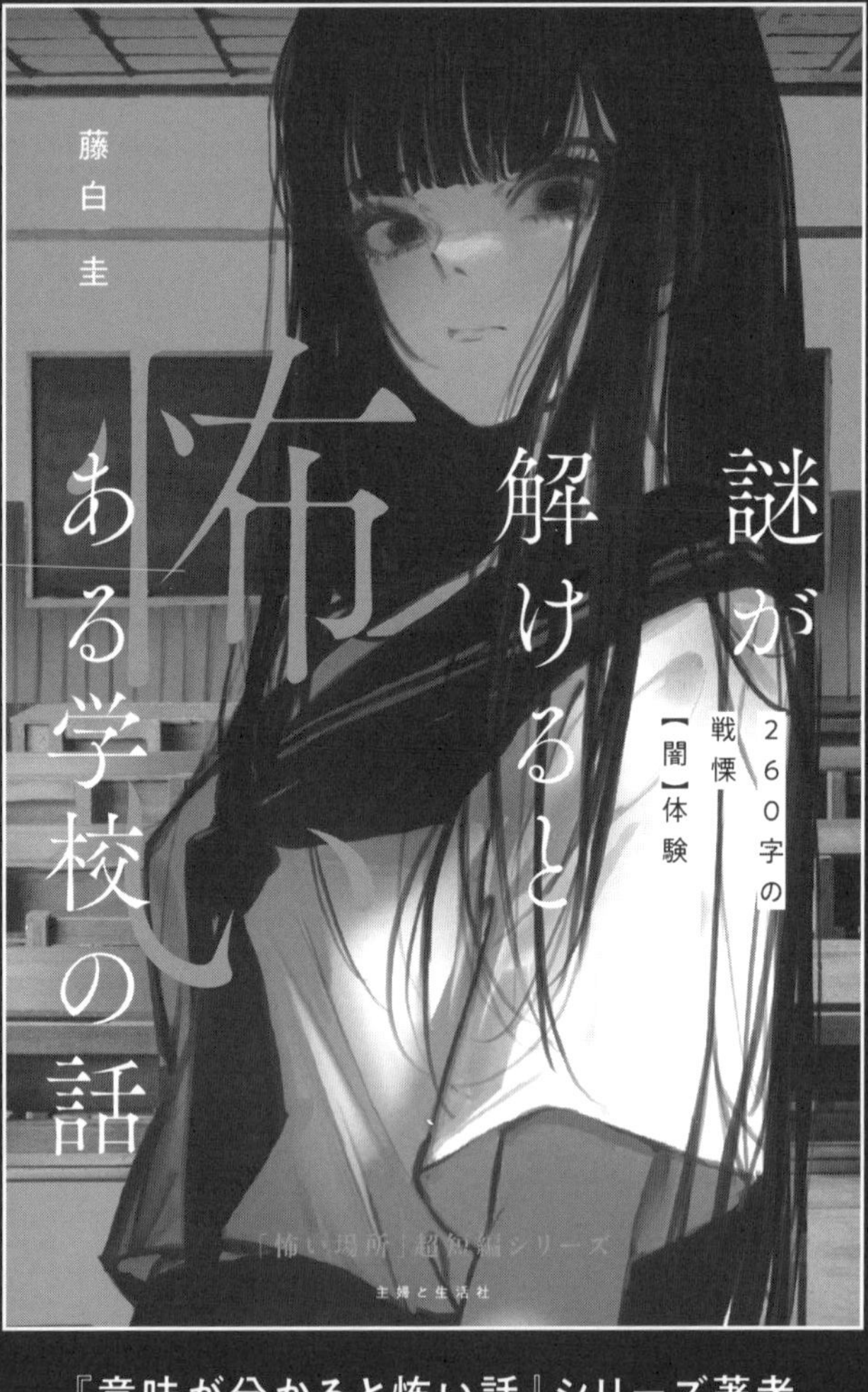

『意味が分かると怖い話』シリーズ著者

著 藤白 圭

ISBN 978-4-391-16250-9　定価1,485円（本体1,350円+税10%）

破ると怖い海の6つのルール

この本を読んでのご意見、
ご感想、ファンレターをお待ちしております

〒104-8357
東京都中央区京橋3-5-7
(株)主婦と生活社 新事業開発編集部
「ウェルザード先生」係

装画 John Kafka
挿絵 ゆいあい
装丁 川谷康久
本文デザイン 川谷デザイン
DTP 天龍社
編集協力 小林宏匡(エブリスタ)
編集 澤村尚生

著者 ウェルザード
編集人 栃丸秀俊
発行人 倉次辰男
発行所 株式会社主婦と生活社
〒104-8357
東京都中央区京橋3-5-7
TEL 03-5579-9611(編集部)
TEL 03-3563-5121(販売部)
TEL 03-3563-5125(生産部)
https://www.shufu.co.jp/
製版所 株式会社公栄社
印刷所 大日本印刷株式会社
製本所 株式会社若林製本工場

ISBN978-4-391-16251-6

［著者略歴］

ウェルザード

福井県在住。ホラー小説を得意とし、2013年『カラダ探し　上下』(スターツ出版)で作家デビュー。エブリスタ小説大賞2015-2016におけるエンターブレインミステリー＆ホラー賞にて、『私と変態の怪奇な日常』が大賞を受賞。「カラダ探し」シリーズは、ほかに『カラダ探し解』『カラダ探し　異』等のマンガシリーズも発売中(ともに集英社)。2022年「カラダ探し」が映画化。
X　@welzard_welzard

［制作協力］

エブリスタ

国内最大級の小説投稿サイト。小説を書きたい人と読みたい人が出会うプラットフォームとして、これまでに約200万点の作品を配信する。大手出版社との協業による文芸賞の開催など、ジャンルを問わず多くの新人作家の発掘・プロデュースを行っている。
https://estar.jp/

※この作品は、フィクションであり、
実際の人物、団体、法律、事件などとは一切関係ありません。